生命唯愿爱与自由

李银河 著

中国友谊出版公司

图书在版编目（ＣＩＰ）数据

生命唯愿爱与自由 / 李银河著. —北京：中国友谊出版公司，2020.10（2023.5重印）

ISBN 978-7-5057-4978-8

Ⅰ. ①生… Ⅱ. ①李… Ⅲ. ①散文集－中国－当代 Ⅳ. ①I267

中国版本图书馆CIP数据核字（2020）第164979号

书名	生命唯愿爱与自由
作者	李银河
出版	中国友谊出版公司
发行	中国友谊出版公司
经销	新华书店
印刷	嘉业印刷（天津）有限公司
规格	880×1230毫米　32开
	8.5印张　125千字
版次	2020 年 10月第 1 版
印次	2023 年 5月第 6 次印刷
书号	ISBN 978-7-5057-4978-8
定价	55.00 元
地址	北京市朝阳区西坝河南里 17 号楼
邮编	100028
电话	（010）64678009

如发现图书质量问题，可联系调换。质量投诉电话：010-82069336

想要找到灵魂伴侣，首先你得有个灵魂，
其次要有爱的能力，最后要有运气。

找到灵魂投契的友情实在是人生之大幸。

它甚至可以为人带来超过亲情和爱情的踏实感和欣慰感。

不跟应该的自己相比，

要点在于去做自己喜欢的事，而不是去做应该做的事；

去做自己喜欢的人，而不是去做应该做的人。

正因为人生无意义，
才更值得经历。
所有人生有光彩的人，
都是内心冲动特别强烈充沛的人。

生活美好与否，
只在一念之间。

人，诗意地栖居

人，诗意地栖居。人在大地上从出生到死亡仅仅存在百年，三万多天而已。从日出到日落，一天过去，三万减一。既然如此，怎能不诗意地栖居？

人应当仅仅是诗意地栖居，因为如果没有诗意，生活不值得一过，毫无意义。唯有沉浸在诗意之中，才是真正的存在。

第一次看到海德格尔的诗意栖居的名句，心便受到深深的吸引，感到振聋发聩，并深受感动。它像一个在心中萦绕了太久的句子，一经被说出，便引起酝酿已久的共鸣。

在无神论时代，生命之无意义这一事实已经昭然若揭，于是所有清醒的灵魂无可避免地跌入进退失据的境地。既然如此，何必要活呢？既然如此，还怎能有快乐？

唯一的答案在这个句子之中：唯有诗意地栖居。人的生命如惊鸿一瞥，如白驹过隙。在这短暂而无奈的一瞬当中，多数人懵懵懂懂地来了，走了，没留下任何痕迹，没有在这个世界的岩石上留下刻痕，没有在这个世界的水池中激起涟漪，甚至连空气都没有搅动。既然如此，我们这是在干吗呢？

既然客观只能如此，就只有在主观上做点文章了；既然生命如此短暂，如此无奈，只有在主观上使自己的生命成为诗，充满了诗意，沉浸在诗意之中，使诗意成为自己的生存状态。

具体说，就是要在有生之年不断地追求爱与美，只有爱与美才是诗意，只有沉浸在爱与美之中的存在才是诗意地栖居。

所谓诗意地栖居应有以下几种释义：

首先，人应当在有生之年时时意识到自己的存在，审视自己的存在状态，修正不良状态。许多人并没有意识到自己的存在，有些人只是偶尔想一下这件事。诗意的栖居者是那些常常意识到自己的存在的人。

其次，人的有生之年应当是审美生存，即所谓诗意地生存。人生的最高目标是追求美。对美的审视，对美的追求，对美的享用，对美的创造。如果生活中没有美，只有丑陋，那就不值得一过。

最后，人生并无意义，它只是惊鸿一瞥，白驹过隙。像昙花一现，美丽地盛开，然后就消失得无影无踪；像流星划过夜空，灿烂地闪耀，然后就无奈地陨落。

2020.6

李银河

目录

Contents

第二章 如何获得自由

第三章 爱情究竟是什么

第四章　我的女性观

| 第一章 |
人怎样才能得到快乐

·········

如果人能够一生只做自己胜任愉快的事情，能够只交往给自己带来愉悦感的人，能够克制自己无法宣泄的欲望并将其升华至美好的精神生活之中，他就一定能够得到一个快乐的人生。

人怎样才能得到快乐

人怎样才能得到快乐？

首先，只做自己能够胜任愉快的事，不做力不从心的事。

此话听上去简单，做起来却不容易。原因在于人往往并不知道或者有时不愿知道自己能力的界限，明明自己做不到的事情，会以为自己能做好，付出很大努力，结果却不尽如人意，就会陷入痛苦之中。

此外，有些事是经过人的艰苦努力最终能够做好的，但是努力的过程是痛苦的，要不要在这种痛苦前止步呢？还是应当继续努力达成目标？黑塞所写的有关歌德与席勒对比的文章就很典型：歌德是一个对写作胜任愉快的人，他仿佛得到天启,一切都那么自然地、毫不费力地流淌出来,仿佛神来之笔;而席勒却在写作中苦苦煎熬,面对一沓稿纸大受折磨,怀疑,犹豫,不自信,经过千辛万苦才最终写出杰作。黑塞因此给二人不同的评价:歌德是神,席勒是英雄。问题是,如果你属于席勒这种类型,你还应不应当写作呢?如果当初席勒知难而退,文学史上就少了一位伟大的作家。

由此可见,一个人能否确切了解和定位自己才能的界限至关重要。如果你能确知自己最适合做什么,确知自己经过努力能够做成的事和即使怎么努力也做不成的事,你才能够做出正确的选择,才能避免坠入痛苦的境地,才能进而得到快乐。

其次,只投入能够使自己快乐的人际关系,摆脱痛苦的关系。

人际关系可分为三类:亲情、友情和爱情。亲情与生俱来,多数情况下是美好的,给人带来快乐的。但是当亲情变质为给人带来痛苦的情况偶尔发生时,却不容易摆脱。文学作品中频繁出现的父子反目、兄弟成仇的情形其实就在现实中大量发生，当事人痛苦不堪。在关系无法摆脱的时候，只能适当调适，使得关系的痛苦程度不那么尖锐而已。相比之下，友情变质时就比较容易摆脱。因为与亲情相比，它是后天选择的关系，一旦友情不再为双方带来快乐，比较容易摆脱。

爱情的情况就更复杂一些，它既是后天的选择，又是一种强烈的情感关系，不像友情那样相对平静，不那么激烈。爱情跟亲情和友情相比是一种烈度更强的关系，快乐起来更快乐，痛苦起来也更痛苦，不容易发生，一旦发生又不容易摆脱。爱情虽然是人世间最美的花朵，但是在爱情消失的情况下，只有坚决摆脱，才能重获平静和快乐。当然，有些爱情最终变成了亲情和友情，这是爱情消失后一种痛苦程度较低的过渡途径。

最后，欲望的克制与升华。

人的欲望来自生命本身，欲望强烈者生命力强大，欲望微弱者生命力弱小。欲望包括创作欲望、行动欲望、各类生理欲望，如食欲、性欲等等，它是一种来自生命深处的冲动，像山间的一股泉水，盈满之后就需要宣泄。有的人的泉涌细小无力，只是涓涓细流；有的人的内心之泉汹涌澎湃，一泻千里。前者的人生琐碎平静；后者的人生大悲大喜，快乐与痛苦的程度都要高得多。对于前者来说，没有克制欲望的问题，因为他们原本就没有什么不可克制的欲望和冲动；对于后者来说就会遇到这个问题，因为他们的各种欲望都很充沛，在欲望难以宣泄时就难免异常痛苦。例如在恋爱和交友上，他们常常会遇到欲望受阻的情况，此时就需要升华。按照弗洛伊德的升华理论，在原欲受阻的情况下，应当将其升华至文学艺术一类的精神活动中，使得不到宣泄的欲望转化为创造力，在创造性活动中得到宣泄。在这个过程中，不仅个人得到无与伦比的快乐，社会也因之受益：人们可以享用这些人创造出来的文学艺术品，得到美妙的艺术享受。

总之，如果人能够一生只做自己胜任愉快的事情，能够只交往给自己带来愉悦感的人，能够克制自己无法宣泄的欲望并将其升华至美好的精神生活之中，他就一定能够得到一个快乐的人生。

只有审美的生活才值得一过

人的日常生活是枯燥烦闷、无限重复的，出生，长大，成熟，老去，死亡。每个人都重复着这样的生活，每一天都重复着这样的生活。正是在这个意义上，哲人说，只有审美的生存才是美好的生存方式。

我想，所谓审美生存有三项可能的内涵：最浅的是对艺术和美的欣赏、享用；其次，如果你是个艺术家，可以得到创造美的快乐；最深的一层是以一种审美的优雅态度生活，最终目标是把自己的生活雕刻成一件美不胜收的艺术品。

对艺术和美的享用是人生在世最值得去做的事情。绝大多数人每日辛苦劳作，日出而作，日落而息，劳心劳力，忘记了这都是生存的手段，而不是目的。生存的目的是对美的享用。如果一个农民的全部生活就是整天弯腰劳作，从不抬头欣赏一下落日的余晖，那么他的生活就全是痛苦，没有快乐；如果一个工人的全部生活就是在水泥匣子似的厂房中摆弄螺丝钉，从不去投入地看场电影，开心地笑一笑，那么他的生活就全是痛苦，没有快乐；如果一个白领的全部生活就是在电脑前枯坐，从不去听听音乐，看看画展，那么他的生活也就全是痛苦，没有快乐。换句话说，为生存的劳作只是手段，而目的是审美，是从对美和艺术品的欣赏中得到生存的愉悦感。

艺术家的生存方式，是更加纯粹的审美生存，因为就连他的劳作都是审美。创造美的艺术品是他的生存方式。法国当代文学大师巴塔耶认为："对于人来说，最重要的行动就是文学创作。在文学中，行动，就意味着把人的思想、语言、幻想、情欲、探险、追求快乐、探索奥秘等，推到极限。"按照这位法国新小说派大师的想法，在人的一生中，最值得一做的事情就是文学创作，因为它不只是对美的享用，还是对美的创造、体验。它是人生最美好的行动，是审美生存本身。其他门类的艺术家也如是，音乐家、画家、雕塑家、行为艺术家、诗人、剧作家，他们的人生都是最令人羡慕的生存方式。正因为如此，罗曼·罗兰说："艺术……赋予心灵以最珍贵的财富，即自由。因此，没有别的任何人能够比艺术家更愉快。"艺术家的生存完完全全就是对美的创造和对这个创造过程的享受，所以，他们是世间所有人中最快乐的人，他们的生存方式是最美好的生存方式。

可惜，绝大多数人都没有艺术天赋，难道他们只能生活在痛苦乏味之中？他们的生活只能是悲惨的？不。天才的福柯提出一个极为鼓舞人心的想法：从什么时候开始，艺术成了一个专门的行当？难道只有画家画画、音乐家作曲、雕塑家雕刻、文学家写小说才是艺术活动？为什么人的生活不应当成为一件精美的艺术品？他的想法为普通人开启了审美生存的可能性，一个没有艺术天赋的人同样可以得到审美生存，那就是把他自身的生活塑造成一件美不胜收的艺术品。这个想法暗合马斯洛的"高峰体验"，他的高峰体验固然是指文学家写出一篇美的小说；画家画出一幅美的画作；音乐家创作出一首美的歌曲；与此同时，它也包括家庭主妇做出一道美味的菜肴，为丈夫、子女营造出一种其乐融融的美好关系，从中所获得的快乐。爱情给人带来的快乐，性活动给人带来的快乐；友情给人带来的快乐；亲情给人带来的快乐，所有这些"高峰体验"都是审美生存的目标。这些就是每个普通人都能追求到的目标。

人生苦短，让自己的生活变成审美生存，把自己的人生塑造成一件精美的艺术品。

摈弃费力的生活

朋友推荐我读印度大师克里希那穆提的《人生中不可不想的事》，很有共鸣，对此人有相见恨晚的感觉。

例如：

"一个喜悦的、真正快乐的人，是不费力气生活的人。"

"我们的心有没有可能随时都自在，完全没有挣扎，不仅仅是偶尔感觉自在就算了？如果能够达到这种境界，我们就能进入不再与人比高低的喜乐状态。（内心挣扎的原因）不外乎就是忌妒、贪婪、野心和竞争……当我们挣扎时，起因总是来自真实的自己和期望中的自己之间的冲突。"

我们从幼儿园开始就在与人竞争，总要与别人比高低，别人比自己强时，就难免忌妒，这就使我们的内心不得安宁。因为在这个世界上，总有人比我们更有才华，更有权力，更有名望，更富有，更美丽，如果不安于自己所拥有的，内心就永远没有快乐。除了和别人比，我们还同期望中的自己比，期望中的自己也总是比真实的自己更有才华，更有权力，更有名望，更富有，更美丽。而这样就必须不断地奋斗。里尔克说："我想，就是这种费力的态度毁了我们，使我们几乎每分每秒都在奋斗中。"

我到底是要费力地生活，还是不费力地生活？我到底是要喜悦地生活，还是要痛苦地生活？应当做出选择。

我到底喜欢做什么

克里希那穆提说："弄清楚我们想做什么是世上最困难的事情之一。不但在青少年时代如此，在我们一生中，这个问题都存在着。除非你亲自弄清楚什么是你真正想做的事，否则你会做一些对你没有太大意义的事，你的生命就会变得十分悲惨,正因为你过得很悲惨,你就必须用戏院、酗酒、阅读数不尽的书籍、做社会改革的工作以及其他事情来让自己分心。……你一旦发现真正爱做的事,你就是一个自由的人了,然后你就会有能力、信心和主动创造的力量。但是如果你不知道自己真正爱做的是什么,你只好去做人人羡慕的律师、政客或这个那个,于是你就不会有快乐,因为那份职业会变成毁灭你自己及其他人的工具。"

说来真是惭愧,我现在的问题仍然是没有弄清楚我想做什么。幸亏他说在我们的一生中这个问题都存在,要不然我真要无地自容了,因为我一直以为这个问题应当在非常年轻的时候就解决了。有些幸运的人早在非常年轻的时候就解决了这个问题。王小波属于比较早地解决了这个问题的人,所以他是快乐的、幸福的。

我现在的情况是,对社会学还比较喜欢,做起来有一些快乐;对文学无限向往,但是缺乏才能;也许最终发现,我真正喜欢做的事情是观察四季轮回。我现在急不可耐地等待着 2012 年,那时我 60 岁,退休。我现在的感觉有点像我的一位 80 岁的调查对象(一位老年同性恋者),他对我说："我真正的生活从 60 岁才刚刚开始。"

只观察，不批评

克里希那穆提说："大部分人都不快乐，他们不快乐，因为他们的心中没有爱。如果你与别人之间没有隔阂，对于相识的人你只观察而不批判；如果你只单纯看着帆船在河上驶过并欣赏它的美，爱就在你心中升起了。"

他在书中好几个地方提到不要对别人妄加评论，只是观察，什么也不说。这和我们从小受到的教育可大不相同。记得我上小学的时候，常常得到的一个负面的评语就是"老好人"。直到工作了，还常常会被认为太"缺乏斗争性"。其实，大师的想法不无道理：我们为什么不能以善意和爱对待周围所有的人呢？为什么一定要找出别人的缺点呢？为什么一定要跟周围的人"斗争"呢？如果我们对周围的同事、邻人甚至路人都充满善意，我们的心情一定总是好的。

如果我们对周围的人只观察，不批评，那么我们一定会活得更快乐一些；如果我们尝试总是去欣赏美好的东西，而不去看丑恶的东西，那么我们一定会活得更快乐一些。

不竞争

克里希那穆提说："必须有一种深刻的内心朴素，这种内心的朴素是非常简单的，因为此心已经不再争取、谋求，不再想要求取更多。"

从幼儿园开始，我们就被灌输竞争之心。随后的一生一直在与假想的竞争者比赛。记得当年考上了师大女附中，那是北京收分最高的中学，全班四十多人有十几位是双百分（语文和算术）。发校徽的时候，那种自豪和得意我至今还记得，那种心中的狂喜我至今还记得。记得当时有一个非常清晰的意识：在人生的比赛场上，我已经是跑在前面的人了。

中学上了一年，突然发生了"文化大革命"，当然这是全民族的灾难，但是对于我这个人来说，它倒是一个救赎——把我从盲目的竞技场上拉了下来，要不然，也许我至今还在盲目地狂奔，一直到累死为止。

现在，壮壮面临上小学的选择，他虽然聪明，但是开窍晚，是千方百计去上精英小学，还是就近上普通小学？犹豫再三，还是决定就上离家一分钟路的一所小学了，听说附近稍微有点办法的人都不让孩子上这所小学，觉得不够精英。但是，为什么让孩子那么小就去受魔鬼训练，去人生的竞技场？如果跟别人竞争不过，还可能出心理问题，变成一个不快乐的孩子。我们还是决定为孩子选择快乐，不选择竞争。和郑渊洁讨论这个问题，他的意见也是这样，以他的两个孩子的经历为例，不主张让孩子去参加比赛。

我希望自己也能保持内心的朴素，爱自己已有的一切，从人生的竞技场上退下来，做一个朴素的享受者和旁观者。毕竟人生最重要的是快乐，而不是其他。

人为什么求名

克里希那穆提说："（我们为何求名？）我们想成为有名的作家、诗人、画家、政治家、歌唱家……为什么？因为我们实在不爱自己所做的事。假如你爱唱歌、画画、写诗，如果你真的爱做这些事，你不会在乎自己是否有名。"

有一次我看到一幅漫画，名望见到一个拼命追逐它的人就躲开了；而一个不追逐它的人却得到了它。讲的是同一个道理。如果你的目的是出名，那么你永远不会得到名望，因为你对自己所做的事并没有真正的爱好，所以也就不会做好这件事。

这个道理其实有两层意思：第一，对某件事真正的爱好是做好它的前提，也是得到名望的前提；第二，对某件事有真正的爱好，才能享受做这件事的过程，才能从中得到快乐。

克里希那穆提说："到底有没有成就这样东西？还是它只是人类追求的一个观念而已？因为你即使达到了目标，永远有一个更远的目标在前面等待你去完成。只要你追求任何方面的成就，你就不可避免地会陷入奋斗和冲突之中，不是吗？"

向往优雅的生活

作为"50后"，我们生长在粗粝的环境中。所谓粗粝，一是物质生活的粗粝，二是精神生活的粗粝。物质生活水准低下，刚刚够吃饱穿暖。这还是我们这些城里人，农村的人在困难时期或饿毙，或与死神擦肩而过，成为幸存者，跟优雅的物质生活连一点儿边儿也沾不上。精神生活也干瘪粗糙，跟优雅的精神生活连一点儿边儿也沾不上。

在这样的生存环境中，人们对于优雅有十分复杂的感觉。有怀旧似的眷恋，有轻微的罪恶感，有伴随着嫉妒感的向往，也有犹犹豫豫的厌恶。就像孔庆东对章诒和描写的最后贵族生活细节的反应。章诒和那些最后的贵族会为了某种特别味道的酱豆腐跑遍北京的大街小巷，毛巾必须每天换新的；孔庆东的反应则是父亲单位一年才发两条毛巾，全家大小把它们用到油渍麻花的程度。当数量众多的穷人挣扎在温饱线上之时，只属于凤毛麟角的优雅不得不带上罪恶的烙印。

现在，情况已经大大改观，大多数人过上了安定的小康生活，人们已经超越了吃饱穿暖这个生存的最低标准，开始追求快乐了。饮食男女，人之大欲存焉。人生在世，食欲与性欲的满足几乎囊括了人大部分的欲望和追求。古今中外，概莫能外。而食欲和性欲的满足只是获得优雅生活的条件，还远远不是优雅本身。

当然，有些食欲和性欲的品位可以臻于优雅的境界，比如说真正的法国美食和章诒和的酱豆腐，再如虐恋中仅仅通过角色扮演获得性愉悦的游戏。但是，真正的优雅恐怕还要从高级的精神审美活动中获得。文学，艺术，哲思，修行。只有从这些高雅的美的鉴赏和创造活动中，人才能获得真正的优雅。

"优雅"在中国是一个敏感词，也许在整个世界都是敏感词,因为它牵涉阶级的分野、贫富的差异、身份的区别。这种区别是微妙的,可意会不可言传的。优雅与否,只可以从细微处察觉,粗略去看是看不出来的。

优雅是一种生活态度。成天为生存挣扎劳作是无缘优雅的,只有到达悠闲的境界,才有可能优雅。而许多土豪即使可以整天无所事事,仍是粗俗的。

优雅是一种灵魂状态。灵魂是轻灵的、清澈的,所有的琐碎事物,所有肉体的需求和欲望,都与优雅无缘。

优雅是对美的享用。眼耳鼻舌身,所有的器官都关注美,仅仅关注美,享用美带来的赏心悦目的愉悦,逃离和避开所有的猥琐和丑陋。

俗话说,三代人才能培养出一个贵族。而优雅就是贵族的特征。

生活美好与否，只在一念之间

人的生活是美好的还是悲惨的，其实只在一念之间。

原因在于，美好的感觉来源于身体的舒适和精神的愉悦。

身体的舒适是容易达到的，饿了吃点东西，冷了穿点衣服，热了把空调打开，可以立即得到美好的感觉。

而精神的愉悦更是只在一念之间：如果你想着悲惨的事情，生活会变得悲惨；如果你想着美好的事情，生活会在几秒钟之内变得美好。如果你每天、每刻只想着美好的事物，你的生活就会变得非常美好。这些美好的事物就是自然的美景、人造的美（音乐、美术、文学、哲学）、亲情、友情、爱情。当然，这些东西有些可以很容易得到，有些不一定总能得到，但是得不到这样，可以得到那样。有时，即使沉浸在对这些美好事物的思念之中，也是一种不错的感觉。

说到底，美好还是悲惨，快乐还是痛苦，只是人的一种感觉。所以，我说，一个人能否使自己的生活变得美好，只在一念之间。

精致的生活

　　精致的生活就是像磨快刀子一样，把自己的眼耳鼻舌身磨快，用它们来细细切割生活。

　　人们每天睁开眼睛，以为自己在看，以为自己看到了一切，其实你什么也没有看到。你看到被夕阳染成橘黄色的远方的灯塔了吗？你看到缀满星斗的深邃的夜空了吗？你看到树干上那绿茸茸的一层青苔了吗？你看到那位黑人舞者性感无比的腹肌了吗？精致的生活就是让自己的眼睛偶尔看到这奇异的美景，并为之深深感动。

　　人们每天听到各种各样的噪声，电锯的噪声，汽车行驶的声音，邻居关门的声音，吵架的声音。你听到夏日虽然震耳欲聋却让人心静的蝉鸣了吗？你听到冬日令人惊心动魄的风声了吗？你听到恩雅宛如天籁的歌声了吗？你听到林间鸟儿的呢喃了吗？精致的生活就是让自己的耳朵偶尔听到这些奇异的声音，并为之深深感动。

人们每天闻到各种各样的气味，重度污染的空气中可疑的化学制品气味，公共卫生间永远去不掉的尿臊味，厨房的油烟味，汽车的尾气味。你闻到清晨带着朝露的青草的清新味道了吗？你闻到丁香花微甜的清香了吗？你闻到新出笼的馒头那带点发酵味道的香味了吗？你闻到他身上雄性动物特有的撩人气味了吗？精致的生活就是让自己的鼻子闻到这些奇异的味道，并为之深深感动。

人们每天想着各种各样的事情，怎样挣到点儿钱，怎样获得权力，怎样提高声望，怎样打发时间。你想到美了吗？你想到爱了吗？你想到你人生的意义了吗？你想到你的存在了吗？精致的生活就是让自己的思绪常常萦绕在存在周围，执着地追随着爱与美，并为之深深感动。

愿有生之年，生活变得如此精致，以便在离去时没有遗憾，只是留恋。

以温柔优雅的态度生活

梭罗是我崇敬的人，摘几段我所喜爱的语录：

"……我们应该像攀摘一朵花那样以温柔优雅的态度生活。"

"朋友们问我去林肯的弗林特湖畔做什么。看四季的轮回难道就不算是一种职业吗？"

我们已经习惯了在各种各样的职业中度过自己的人生，从来没有想到可能会有这样一种职业，那就是"看四季的轮回"。我们习惯了在工作中消磨自己的人生，想不到还可以有这样一种温柔优雅的生活。

怎样才能保持好心情

　　人生不如意事常八九。在小时候不会这样感觉，也不愿相信事情竟会是这样的，可是上了点儿年纪之后，就会认可这一说法，觉得此言不虚。可能是由于身体状况大不如前，也可能是由于阅历增多。

　　既然如此，怎样才能在人生中时常保持好心情呢？这也是我在静修中常常思考的一个问题。想来想去，想出以下几条锦囊妙计，若依计而行，必有奇效。

　　首先，凡是在涉及空间的问题上，想大比想小要好。想得越小，心情越坏；想得越大，心情越好。比如，想北京就比想朝阳区好，想中国又比想北京好，想世界又比想中国好，想宇宙又比想世界好。在自己心情郁闷的时候，就往世界、宇宙那儿想一想，想想自己的渺小和生命的偶然，心情就会豁然开朗，觉得没有什么事情值得郁闷了。

其次，凡是在涉及时间的问题上，想远比想近要好。想得越近，心情越坏；想得越远，心情越好。比如，想一个星期就比想今天好，想一个月又比想一个星期好，想一年又比想一个月好，想一辈子又比想一年好，想几千年又比想一个世纪好，想几亿年又比想几千年好。在不快乐的时候，就往几年以前或者几年以后、一辈子或者几亿年想一想，想想自己只有这短短的几十年好活，与其活得这么郁闷，不如放松心情，高高兴兴地过完这几万个日子算了。

再次，凡是在涉及做事的问题上，想目的比想手段要好。想如何去做心情不好，想为什么去做心情才会好。比如，想为什么挣钱就比想如何去挣钱好，想为什么评教授就比想如何去评教授好，想为什么做官就比想如何做上官好，想为什么出名就比想如何能出名好，想为什么活着就比想如何活着要好。在不快乐的时候，就想想自己所做的一切事情都是为什么要做的，想想自己活着是为了快乐而不是为了吃苦受罪，于是就只做那些给自己带来快乐的事情，放下那些给自己带来痛苦和折磨的事情，心情自然会好一些。

另外，凡是在涉及别人的问题上，想喜欢的人比想讨厌的人要好。想自己讨厌的人时心情不好，想自己喜欢的人时心情才会好。比如，想父母就比想领导好，想朋友就比想同事好，想爱人就比想仇人好。在不快乐的时候，想想那些爱自己的人，喜欢自己的人；想想那些自己爱的人，自己喜欢的人。想想他们是多么可亲可爱，他们对自己又是多么好，而不是去想那些讨厌自己的人或者自己讨厌的人，这样郁闷的心情就能开朗起来，愉快起来。

最后，凡是在涉及自己的问题上，想优点比想缺点要好。想自己的缺点心情会坏，想自己的优点心情会好。比如，如果自己长得漂亮就想，上帝真是眷顾我，把我生得这么美；如果自己聪明就想，别人用一个小时才想明白的事我怎么几分钟就懂了，我真高兴；如果自己长寿就想，别人才活80多岁，我竟然活到100岁了，我真幸运。这样，即使自己不漂亮，不聪明，官不够大，钱不够多，名气不够大，可还有些比别人强的地方，这样想了之后，心情兴许就会好些。

虽然，人生不如意事常八九，但是只要能够常常这样来调适自己，就一定能够常常保持好心情。即使有人说这不过是阿 Q 的精神胜利法，我也宁愿这样去做，毕竟还是要强过闷闷不乐地度过一生。

精心呵护自己的心灵

岁数越大，对关于生老病死的佛教教义体验越真切。还记得小时候妈妈给我讲释迦牟尼在菩提树下顿悟的情形。人生就是如此，没有例外，也没什么太可怕的。只是等待一切该发生的发生而已。

释迦牟尼在一个城中生活，他在城的东南西北四个大门处分别遇到了一个婴儿、一个老人、一个病人、一个死人，于是顿悟：这就是人生百态中最基本的几种形态，人生不过如此而已。这一顿悟真没有什么特别之处，就是最直接的人生感触，一点儿也不深奥，一点儿也不玄妙，其表达也是大白话而已。

在中国，无论信不信教，这些道理是被人们普遍认同的。民间对待宗教的态度一直就秉持骨子里的中庸：不可不信，不可全信。全信常常会走火入魔，不信又怕对自身不利。其实佛教的道理，尤其是关于空的道理，人们内心深处早就接受了，因为它以事实和人们的经验为基础，几乎没有什么值得质疑的余地。

有了对于人生这一超脱的看法，中国人的价值观基本上是现世的，是世俗的，不是宗教的。人们深知死后并没有灵魂，没有天堂，没有地狱，没有前生，没有来世，人所拥有的仅仅是这几十年的有生之年。所以养生之道成为大多数人的信仰，维护保养身体，安度一生，这就是中国人普遍的人生价值观。

虽然这种世俗人生价值观颇受其他文化中人的诟病，说中国人不信神没信仰就是一群行尸走肉，但是我觉得中国人对于自己文化的世俗价值观不必妄自菲薄。有神论和无神论并不是高尚与低下的分野，只不过是对宇宙、对世界、对生命的不同观点而已。好消息是，现代科学日益证明，无神论的真理成分远远超过有神论，所以事实将证明，真理在我们一边，我们可以坦然面对有神论者的攻讦。

由于中国人大都没有宗教信仰，大都是无神论者，所以我们所拥有的只是世俗的生活，世俗的价值观。所谓世俗的价值观，就是过多看重俗世的生活，不关心前生来世；过多看重肉体，不关心灵魂。因为大家心里明镜似的，生命既无前生来世，死后也无灵魂，所以强身健体就是国人普遍的宗教，精心呵护身体就是全民最普遍关注的事情。这一点，从各类媒体中有大量养生类信息而且最受各类人群欢迎，可以看得十分清楚。

人应当精心呵护自己的身体，那就是要时时关注它，监测它的各项指标；人还应当精心呵护自己的心灵，也应当时时关注它，监测它的健康度、精致度和愉悦度。

有的人的生活是病态的，不健康的。比如那些吸毒的人、嗜酒的人、心胸狭窄的人。吸毒伤身，嗜酒伤肝，心胸狭窄的人成天闷闷不乐，郁郁寡欢。肉身的不健康与心灵的不健康互为因果，恶性循环，对癌症成因的一个极端说法就是，它根本就是一种精神病，即抑郁的、不健康的心态导致的疾病。

有的人的生活是粗粝的，不精致的。衣食住行全不讲究，乱七八糟。食仅果腹，衣仅蔽体，对于音乐、美术、文学、哲学全无兴趣，只读畅销书，只看肥皂剧，从不享用文学家、艺术家、哲学家这些精致灵魂创作出来的精致作品，生活质量很低，不只是物质生活质量低，而且精神生活质量低。

有的人的生活是苦闷的，不快乐的。活得无精打采，沉闷纠结。寝不安席，食不甘味。既感觉不到食之美味，也感觉不到性之欢愉，更感觉不到纯粹精神的愉悦。世俗生活中的快乐不外有三类：肉体的快乐，人际关系的快乐，精神的快乐。如果在这三个方面都感觉不到愉悦，人的生活是多么沉闷难熬。

既然没有前生，没有来世，既然死后也无灵魂，就好好关注此生此世，精心呵护目前这个生命，尽量地让它健康、精致、愉悦，这才对得起自己宝贵的独一无二的存在。

超越年轻和美貌

　　在网络上多次被人叫作"老太婆"，叫人的以为被叫的一定会大受打击，从此一蹶不振。扪心自问，刚刚看到时还真是受了点打击，但是，把他们的动机和自己的反应仔细想了一下，也就释然。

　　首先想到的是，女人跟男人还是不平等。一个50多岁的男人要是被人叫作"老头子"，虽然会有点纳闷儿——我已经老了吗？——但是就不会有过多的反感。从这么叫人的人的角度看，最多也就是眼神不大好，没有骂人的意思。可是叫"老太婆"怎么就有了骂人的意味？原来，传统妇女的全部价值就在于年轻和美貌，如果她没有了这两样东西，她就完蛋了，所以一个老太婆尤其是丑老太婆的价值等于零，所以把一个 50 岁的传统女人叫作老太婆就能给她沉重的打击，所以《白雪公主》里面的邪恶王后总要一再地问镜子谁是天下最美的女人。人都要老，都会变丑，这是自然规律。一个女人要想幸福和快乐，必须超越年轻和美貌，必须在年轻和美貌之外还有价值。如果是这样，变成丑老太婆就不再是一件致命的事情了，跟变成一个丑老头子也就没什么大区别了。

其次，我认为，人在什么岁数就是什么岁数的样子最好。如果 20 岁的人像 50 岁就不大对劲，50 岁的人还像 20 多岁也不对劲。我爸爸是个比较好色的人，他有一次悄悄对我说：你妈妈从来没有漂亮过。可是，在妈妈 80 岁的时候，我觉得妈妈很美，她的头发全白了，有的地方都露出了头皮。在那个岁数上，所有的人都是那样的。而她那智慧的眼睛、她那慈爱的皱纹，看上去很舒服，甚至可以说是美的。我不愿意在 50 岁时看上去像 20 岁（当然也不要看上去像 80 岁哟），我愿意让自己看上去像 50 岁就行了。我既不想违反自然规律，也没有那个不惜一切代价要做天下最美的女人的老巫婆那样的抱负。

总之，人哪，该老就老，该丑就丑吧。对于我这个岁数的人来说，只有超越年轻和美貌，才能获得快乐和平静的心情。

有限的快乐与无限的快乐

在人的物质生活与精神生活当中，前者给人带来的快乐是有限的，后者给人带来的愉悦才是无限的。

人饿了吃，困了睡，冷了开暖气，热了开冷气，这些物质需求的满足给人带来的最多不过是舒适的感觉。即使是做爱，快乐也是短暂的、有限的。真正能给人带来无尽愉悦的还是精神生活。

精神快乐首先来自人类文学艺术宝库的经典作品，大作家的小说，大诗人的诗歌，大画家的画作，大音乐家的音乐。当然，晚近的艺术家也会为我们带来惊喜，像诺贝尔奖得主的小说，各大电影节上获奖的影片。欣赏这些作品，可以与古往今来最美好的灵魂交流，分享他们对美的感受，从中获得无与伦比的快乐。如果门槛放得低一些，则有大量言情、侦探、悬疑作品可以轻松娱乐，给人带来无穷无尽的快乐。

精神快乐其次来自与人的深度交往，无论是爱侣还是朋友，因为对方是一个活生生的、生动的人，有七情六欲，有脾气，有情感，有灵魂，而人的灵魂是千姿百态的，人的情感是动人心弦的。与世间另一个灵魂交流的有趣和愉悦感可以为人带来无穷无尽的快乐，有时甚至会有狂喜的感觉，而物质需求的满足只能是淡淡的，不可能使人感到激动、兴奋甚至狂喜。

此外，精神快乐还来自创造性的活动，无论是文学家写小说，画家作画，还是科学家发明新理论。作品的完成（无论是否得到世俗的承认和成功）就像生孩子，当人创造了一个活色生香的生命出来时，那种内心的满足感和愉悦感是真正无与伦比的。可惜，世上多数人因为没有这些特殊才能，很少能够亲身体验到这种快乐。但是我赞成马斯洛在谈到"高峰体验"时所说的，并不是只有艺术家、科学家才能有高峰体验，一位普通的家庭主妇在做出一道家人赞不绝口的佳肴时，也可以经历类似高峰体验的感觉。这下我们这些凡夫俗子就有救了，也可以体验到大艺术家所体验到的快乐了。换言之，我们不必去羡慕王小波的名声，去攻击冯唐的金线，去嫉妒他们写作时的快感体验，而可以去自己擅长的领域寻求创造性的活动带来的高峰体验，达到子非鱼的自得其乐境界。

福柯曾说，快乐是件很难的事情。此话乍一听相当费解，令人难以认同。因为很多人都生活得非常快乐，快乐对于他们来说一点也不难。

如前所述，快乐有不同的种类，了解了这一点，才能理解福柯的感觉。快乐有肤浅的，有深刻的。食与色都是肤浅的快乐，只是感官的愉悦而已，精神的愉悦才是深刻的，例如一首诗给人带来的美感，一幅画给人带来的美感，一首乐曲给人带来的美感，一个人给人带来的美感，完成一件作品给人带来的愉悦感觉。如果人追求的仅仅是肤浅的快乐，那是容易得到的；如果人追求的是深刻的快乐，那的确是困难的。（能让福柯这种鉴赏水平的人感觉到美的作品能有多少呢？能使他感到快乐的作品或者人该有多么罕见呢？）这样想，就找到了福柯的感觉。

在人的一生中，所遇到的多数的人和事都是无趣的，只有极少数的人和事是有趣的。一旦遇到有趣的人和事，一定不要轻易错过，轻言放弃，因为那也许就是人获得快乐的千载难逢的机会。

总而言之，人生短促，要抓紧时间享用自己的生命，有点儿羞惭但仍狠下心来套用雷锋的一句名言：要把有限的生命投入到无限的快乐中去。雷锋说的是：要把有限的生命投入到无限的为人民服务中去。我跟他的人生观有点不同：他是圣人，我是凡人；他是利他主义者，我是一个彻头彻尾的享乐主义者。但是我并不因此觉得自己人格低下，只是趣味不同而已，只是对人生的看法不同而已。

生活质量三维度

人的生活质量有高有低。质量有三个维度：一是物质生活质量，饮食、空气、睡眠等；二是人际关系质量，所打交道之人的优秀程度；三是精神生活质量，精神的纯粹丰富程度。

物质生活质量并不完全取决于经济能力，只要达到了温饱线，财富与物质生活质量就不一定有关了。天天吃酒宴，饮食质量并不一定比粗茶淡饭高，从致病的角度看，可能反而更低；身处豪宅，睡眠质量并不一定比一般住宅高，如果心中焦虑，可能反而更低；住在大城市，空气质量并不比乡野地方高，反而更低。

人际关系的质量对生活质量的影响更大。如果一个人所交往的都是纯净的、幽默的、美好的人，那么他的心情会常常处于愉悦状态；如果他交往的是沉闷的、猥琐的、小肚鸡肠的人，那么他也会活得无精打采或是气急败坏。

精神生活的质量对生活质量的影响最大。如果一个人有丰富的精神生活，每天与世界上最优秀的哲学家、文学家、艺术家交流对话（当然是通过他们的作品），脉搏与这些优秀的人一起搏动，思绪与这些美好的作品一起徜徉，追随着其中的美，享用这些美妙的思想、感觉，内心的愉悦感绵延不绝，那才算真正高质量的生活。万一自己还能像王小波所说，"创造出一点点美"，那生活的感觉将更加美不胜收。

在物质生活、人际关系和精神生活三个方面不断审视自己的生活。如哲人所言，不经审视的生活，不值得一过。

要过上高质量的生活，除了要具备享受人生的物质条件和精神条件之外，还有一个意愿的问题。

享受人生的物质条件当然包括谋生的基本技能，使得人能够独立于世，吃饱穿暖，身体健康。如果处于病中，就根本无法有享受的感觉，只能苦苦挣扎，度日如年。

享受人生的精神条件则包括感受力、理解力、敏感度，如果感受力不强，理解力不强，也无法有享受的感觉。尤其对于艺术品的精妙之处，没有一颗善感的心，往往感应不到。感受力其实倒不一定需要专业的训练才能获得，就像看一幅画，它的好坏价值是专业评论人的事情，能为人带来美的享受只需要一颗善感的心就足够了；就像读一本小说，它的优劣高下是专业评论家的事，而一本小说能为人带来美的享受也只需要一颗有理解力的心灵就已足够。

物质和精神条件全都具备了，还有一个自身意愿的问题：有的人天生不愿意享受，而愿意受苦，比如那些抑郁的人，比如那些出家的人。比起享受人生，他们更愿意品味人生的痛楚。这也并不是完全不可取的人生态度，反倒是一种更接近生命本真状态的选择，因为人生的真谛并不是快乐，而是痛楚和荒芜。

阅读尼采之理想生活方式

尼采："首先，他所需要的东西，一般来说，正好是那些别人瞧不起和扔掉的东西。其次，他很容易感到快乐，没有任何特别的昂贵的爱好；他的工作是不累的，而且似乎是宜人的；他的白天和黑夜没有蒙上良心谴责的阴影；他以一种与他的精神相适应的方式活动、吃、喝和睡觉，使他的心灵变得越来越宁静、越来越强壮和越来越辉煌；他的身体使他感到快乐，他从来没有想到过要恐惧它；他不需要同伴，有时他与人们在一起，只是为了随后更好地欣赏他的孤独；作为一种补偿和代替，他可以生活在死去的人中间，甚至生活在死去的朋友即曾经存在过的最好的人中间。"

这是一个思想者的最佳生活方式，也是我理想的生活方式。我决心在我的后半生尤其是退休之后，就按照这样的生活方式生活。没有更好的选择了。

检讨我为什么朋友很少，那是因为我是一个孤独的人、一个精神生活极其挑剔的人，而且对别人的依赖性很低，跟大多数人在一起都觉得浪费时间，不够谈话对手的水平，所以朋友极少。

真正内心丰富和强大的人是不需要同伴的、不需要朋友的，虽然有时和人们在一起，那也只是为了随后欣赏自己的孤独。相互黏在一起是内心不够强大的表现，是精神孱弱的表现。

人为什么不需要朋友呢？

首先，每一个人都是孤零零来到这个世界上的，除了父母、亲人之外，除了肉体上的依赖之外，一个完美的灵魂永远是孤独的。如果一个人的灵魂够强大、够完整，它必定是孤独的。它所有的话都是对自己说的。它所有的关注都在自身。它的痛苦必须自己独自承受；它的快乐也可以独享。这是一种特权，也是一种不得不如此的现状，因为每个灵魂都有自己独特的轨道、与众不同的兴奋点和关注点，不会跟另一个人重叠，更说不上融合。有的时候会有一点点重叠和融合，那已是很小概率的事情了。即使是最亲近的人，如相爱的两个人，其灵魂也不可能全部融合，更不必说仅仅是朋友了。

其次，依赖性是灵魂孱弱的表现，是灵魂不够强大、不够完整的表现。就像在现实生活中，穷人就比富人有更强的交友需求，因为他没有足够的能力自立，不能独自解决一切突发的困难，必须交到朋友，以备不时之需。而富人就没有这个交友的必要。灵魂上依赖朋友的人是灵魂上的穷人，自己不能独自应对困境，要靠别人帮助。灵魂上强大完整的人是灵魂上的富人，因此，他不需要朋友，不需要倾诉。他只对自己倾诉，自己碰到的问题，有能力自己解决。

再次，交朋友一定是为了愉悦，而不是为了互相救苦救难。互相帮衬的朋友不是真正的朋友，是利益上的交换。真正有趣的朋友只是灵魂的朋友，交流必定要带来愉悦的，否则就完全没有必要。这种愉悦是双方的、对等的，如果是单方面的、强求的、不平等的，那就不会有愉悦，而是一种折磨。

如果我此生幸运，可以有一两位灵魂朋友做伴；如果我不幸遇不到这样的朋友，也应当鼓起勇气，独自一人面对人生。

快乐是人生的最终价值

快乐是人生的最终价值。快乐最大化和痛苦最小化是每一个人的人生目标，也是衡量一个社会发展程度的最终指标。

福柯专门讲过快乐的问题，例如"快感的享用"等。在一个即将到来的无神论时代，哪种价值还有资格成为人生的最终价值呢？唯有快乐。

快乐是人的一种感觉，一种心境。它应当包括三个方面：一是肉体的快乐；二是人际关系的快乐；三是精神的快乐。

快乐与人的处境并不一定完全联系在一起，虽然俗话说"贫贱夫妻百事哀"，但是社会学调查表明，快乐在温饱线下才与物质条件有关，一旦达到温饱线，就不再相关了。

把快乐当作人生目标会不会不够高尚呢？这正是车尔尼雪夫斯基在《怎么办》中探讨的问题。最高尚的行为是利他主义的，可是车尔尼雪夫斯基偏偏提出了合理利己主义，他所倡导的合理利己主义并不是自私自利，而是在利他的行为中获得自己的快乐感觉，所以最终还是利己的。他所谓的合理利己就是在即使是利他的行为中也以利己为动力。

把快乐当作人生目标会不会比较肤浅呢？除了身体与心灵的快乐之外，是不是有更有价值的人生目标呢？比如去救苦救难，解人于倒悬。在特殊时刻，比如战争时期，人应当完全牺牲个人的快乐，站在正义的一方，到战场上去流血牺牲。但是在寻常的生活中就又回到了合理利己主义：可以去做公益，做慈善，学雷锋，做好事，但是这样做仍是为了最终获得内心的快乐。做好事皆是如此。为名为利为权所做的事情，如果不是能够给自己带来快乐感受的，就更不值得一做了。

把快乐当作人生目标会不会比较堕落呢？人终生只去

追求身心的愉悦感觉，沉溺在对生活的享受之中，似乎离动物不远，水平高点有限。如果仅仅追求身体的快乐，的确是这样。但是动物不会有精神的享受，人却可以有，那就是对美和爱的追求与享受。美和爱的感觉都是人这种高级动物特有和独享的感觉，一般的动物是享受不到的。既然人是动物，也就不能完全摆脱动物性的享受，比如食欲与性欲的满足，但是人之区别于动物的恰恰在于对精神快乐的自觉享用。狗虽然也会笑，笑的时候，它的精神应当是快乐的，但是与人类能够享用到的精神愉悦还是不可同日而语的。

衡量一个社会的发展程度，生活于其中的人们的快乐感觉其实也是最终的指标，而这个指标的高低并不一定与人均 GDP 绝对相关。还是那个问题：在温饱线下，二者当然是正相关关系；一旦过了温饱线就无关了。跟人们的快乐与否更密切相关的因素就变成了文化、习俗、行为规范和道德规范这些东西了。

譬如，在同样的人均 GDP 水平上，在人人都必须结婚，就连同性恋都必须跟异性恋结婚的社会中的人，活得就不如有一部分人选择不结婚、同性恋也绝不会跟异性恋结婚的社会中的人们更加快乐一些；可以在某些地方浏览男女裸体图片的社会中人，就一定比在网上发一篇色情小说就要被投入监狱的社会中的人们更加快乐一些。余此类推。

因此，一个社会在最大多数人的快乐最大化、痛苦最小化上达到的水平越高，这个社会的治理就越成功，越合理。最大多数人的最大快乐当然应当成为一个社会发展的目标及其发展程度的衡量指标。

把生命的每一天当作最后一天来过

　　看了一个电影，是安吉丽娜·朱莉演的。一个电视女主持人碰到一个预言家，预言家对她说，她将在下星期四死去。她的生活一下被打乱了。她希望这是一个胡言乱语的人，可是他对其他事（球赛结果、天气、地震）的预言一一应验，于是她开始认真考虑下星期四就死这件事。人都会有自己的小烦恼，小计划，但是如果生命还剩最后几天，事情就会变得很不同。影片最后有一个点题之语：我们应当把生命中的每一天当作最后一天来过。问题是：如果人知道几天后会死，他会怎样活这几天？

　　记得以前也听过这样一个故事：上帝给一个已死的人

放三天假，让她回世上再活三天。她早上起来感觉就和一般人很不同，觉得阳光格外明媚，花格外香，人们格外可爱。她心里非常紧张、激动，对每件事的感触都很强烈。在这三天当中，她对生命的感觉肯定比一般人的强度要大得多，她生命的"浓度"也会比一般人要大得多。

我觉得，这里的问题是对生命的敏感和麻木。大多数人在两万多天的生命中如果已经活了一万多天，他早就麻木不仁了，哪里还有什么敏感可言？所谓把生命的每一天当作最后一天来过，就是想保持对生命的敏感，可是这又谈何容易？我希望自己能保持对生命敏感和刺激的感觉，使自己的生活成为一件美好的艺术品。

真正有质量的生命

58 岁生日。在海口。独自一人沉思默想。时光荏苒，一去不回。按照一般规律，再有十几年就谢世了，人生七十古来稀嘛。哥哥才 61 岁就结束了真正意义上的生命了（中风）。看着小壮壮懵懵懂懂地生活，觉得生命就是这样盲目的。有时人明白一阵，很快又回到了哥哥那样的懵懂状态。壮壮关心的只是每天吃什么而已，所做所想全都来自本能。最终我也会回到那个状态去的。

在想明白这一点之后，做什么这个问题就一直在烦扰着我。没有什么是值得做的，没有什么是有兴趣去做的，处于一种哲学的出神状态。人变得越来越老，越来越丑，最终彻底腐败。

难道我的生命不也是懵懵懂懂的吗？我大多数时间随波逐流，做不得不去做的事情，并没有真正做到随心所欲，总是做自己真正想做的事。像小波那样，才是真正有质量的生命，他生命的大多数时间是在做自己最想做的事。我的问题不是没有时间和能力做自己最想做的事。我的悲剧在于不知道什么是自己最想做的事。

其实能给我带来快乐的是写博客。随手记下一些自己偶尔冒出的想法，还有一些人能在看到后会心一笑。但是我又不愿暴露太多的私人状态。这是一个矛盾。

刻意地写东西不能给我带来太多的快乐。是不是不勉强自己了？其实原则只有一个：凡是自己真正想去做的事才值得去做，无论是看书看碟还是写作；凡是自己勉强去做的都不值得去做，不会做好，也不会给自己带来快乐。今后就按这个原则生活吧。

让心自由飞翔

人总是幻想飞翔，即使在肉身上无法飞翔，还是向往让灵魂飞翔。人看到崇山峻岭中在空中乘风滑翔的鹰隼，总会感动，那是因为鹰隼实现了人的飞翔之梦。

所谓飞翔就是一种自由自在随心所欲的境界。而人生还在枷锁之中，自由自在的境界无法企及。

人性的枷锁首先是肉身，人无法脱离肉身，肉身必定无法摆脱生老病死，美丑妍媸。人想健康，并非时时可得；人想不死，根本无法做到；人想美丽，所得只是丑陋。所以人无法完全自由。

人性的枷锁其次是社会关系。人出生在一个特定的家庭，随即有了与生俱来的族亲、姻亲，先赋的因素多于选择的因素。人想生在富贵之家，却大多在寻常人家长大；人想选择独身，却被父母逼婚；人爱上一个人，人家却另有所爱。所以人无法完全随心所欲。

人性的枷锁还在社会习俗和价值观。人在特定的社会中生活，这社会有一套固定的习俗和价值观，人不得不按照社会的习俗和价值观安排自己的生活。人想爱两个人，社会说你贪婪；人想一人独处，社会说你失败；人想自由地满足自己的性欲冲动，社会说你是个坏人。所以人无法完全自由。

人性的枷锁在自己的内心。也许是先赋，也许是习得，人的内心被深深锁住，没有勇气走出囹圄，自由飞翔。即使并未身处物质的监狱，也不知不觉将自己禁闭在精神的监狱之中。看不到离开监狱到达自由境界的可能性。

其实，只要一点点参透，一点点勇气，人就可以走出监狱，自由地飞翔。

一个自由人，其心必然飞翔。在碧空中，在深山中，鹰隼乘着山间流动升腾的气流，并不扇动翅膀，兀自滑翔，远看那鹰隼几乎一动不动，只是在沉静地挪移，像思绪沉静地飘移。

喜欢生命中这样的时刻，心中澄澈，单纯至极，思绪在宇宙的亿万星球中飘荡；思绪在人生的 30000 天中，从第一天到最后一天中逡巡。并不痛心疾首，并不悲观绝望，只是思前想后，随意徜徉。

喜欢这种自由自在随心所欲的感觉。所有的物欲和贪念都离我远去，所有的欲望、贪念都像翅膀上的铅坠，沉重得令心不得自由飞翔。而摆脱了这些欲望的心，无比轻松，无比愉悦，无牵无挂，无忧无虑。

在自由的飞翔中，我的心感受到三种情绪。

一为平静。无论有多么暴虐的狂风巨浪，都不能丝毫损害到我内心的静谧。无论汹汹人潮还是滚滚红尘，都不能在我平静的心湖中激起一丝涟漪。

二为喜乐。想生命之偶然，有中奖的喜乐；细细体味眼耳鼻舌身的愉悦，也是欢喜无限。尤其是观赏享用能带来美感的事物，更是庆幸自身的存在。

三为痛苦。不是日常生活中琐碎的痛苦，而是存在的味道。在甜蜜之外，存在本身就有着深深沁入其中的苦涩，就像一杯好茶，细细吸吮，在满口的清香背后，有一丝似有似无的苦涩。那是存在的内核当中空无的味道。

永远让心自由地飞翔，像山间的鹰隼，细细地品味着平静、喜乐和深刻的痛苦。

论生命之美好与自由的关系

　　热爱生命。它是多么美好的一件事。在世间万物当中，唯有人的生命是意识到自己存在的，有喜怒哀乐爱恶欲的。其他事物也可以是美好的，比如一朵花，一只小鸟，一块岩石，但是最美好最值得眷恋的还是人的生命及意识。花儿只能在春天绽放，小鸟只能终生觅食，岩石只能默默承受风吹雨打，只有人及其意识可以选择，可以自由自在。换言之，世间其他的存在只是必然，唯有人的生命和意识是自由的，它可以不为环境所决定，可以自由奔放。

　　虽然人的一生也要受到环境的影响和限制，但是那种影响和限制不是绝对的，人可以选择。人可以选择过什么样的生活，例如可以选择富裕的生活，也可以选择清贫的生活；可以选择结婚，也可以选择单身；可以选择忙碌，也可以选择悠闲；可以选择热闹，也可以选择孤寂；可以选择快乐，也可以选择痛苦。

每当想到宇宙的浩瀚和生命的短暂，就不由趋向于精神和身体的自由奔放。在这短暂的、残酷的一瞬，没有任何理由可以拘束生命，压抑它的自由。压抑的一生也是一生，自由奔放的一生也是一生。所以没有理由不自由奔放。

自由就是选择。选择就是自由。当我们出于自由意志做出选择时，我们就是自由的。不做选择，任由环境和他人来决定自己怎么做，怎么想，那就是不自由的。世界上有些人不愿做选择，不会做选择，只是任由环境、他人和际遇来决定自己的命运，这样的人就比较接近一朵花、一只小鸟和一块岩石。而越是积极选择的人，越是接近于生命的巅峰状态，越是自由。

参透的人是自由的人，不是必然的人。当人仍旧活在必然中时，他的所作所为、所思所想都是由环境决定的。而当人参透一切之后，即看穿了世界和人生之后，他就自由了。他的所作所为、所思所想不再受环境的约束，有了大量的偶然性，大量的忽发奇想，随心所欲。这就是生命的自由意志。

生命的美好源于其自由。一个美好的生命一定是自由的。只有永远追逐自由的生命才是美好的。

| 第二章 |
如何获得自由

· · · · · · · · ·

人生而自由，却无往不在枷锁之中。要想过上自由的生活，先要挣脱精神枷锁，要有向往自由之心，并且有争取自由的勇气，勇敢决绝地去选择自己喜欢的生活方式和人际关系。

人生应追求什么

在论述了人生不应追求什么（金钱、权力、名望）之后，心中感到若有所失：在这一系列的"不"之后，"是"又是什么呢？在否定了对金钱、权力和名望的过度追求之后，人生应当肯定的价值和应当去追求的目标又是什么呢？

我首先想到的是身体的健康舒适。这个价值听上去太简单太平庸，似乎够不上一个目标，也用不着去追求，其实不然。贫困和疾病是人生中最常遭遇的痛苦，能够使自己得到起码的温饱和健康对于许多人来说已经是一个要竭尽全力才能达到的目标。为此，每个人从小都要习得一种谋生的技能，长大能够养活自己，能够靠自己的劳作挣得一种比较体面的生活。此外，除开天生残疾、遗传病，很多疾病都是后天的生活方式所致，要靠自己的节制和毅力才能修得健康的身体。所以身体的健康和舒适完全有资格成为我们追求的价值。

身体的舒适当然还应包括性活动（性交和自慰）带来的快乐，这也是人生值得追求的一个重要价值。中国传统性文化对性有很正面的看法，因此得到福柯这样的专家和其他西方人的表扬。因为根据中国人对性的传统看法，它不仅能够给人带来一时的快乐，而且有益寿延年的功效。而西方人自从信了基督教，对性就有了一种负罪感，总是就自己的性欲望不停地忏悔，内心受到折磨和扭曲。在他们眼中，中国人的传统性观念相当淳朴健康。虽然那些"还精补脑""采战之说"缺乏科学依据，但是其中传达出来的对性活动的正面态度还是相当有益的。一些性活动指南类学说中关于男性一定要为女性带来快感才算成功的性行为的观念，更是为西方女权主义所津津乐道，被认为是最早关注女性性愉悦的观点。

人生值得追求的第二个目标是精神的愉悦和丰富。许多人的一生枯燥干瘪，完全是精神的不毛之地，所有的时间心中只有现实生活中的琐事和焦虑，辛劳一生，很少有开怀大笑、会心一笑和精神亢奋愉悦的时候。大自然有享用不尽的美景，令人心旷神怡；而人造的美更是无穷无尽，音乐、美术、文学、戏剧，令人精神愉悦，使人感受到生命的美好；亲情、友情和爱情也能够给人带来无与伦比的愉悦感觉。有时，精神上快乐幸福的感觉会远远超过肉体的快感。因此，与身体的舒适相比，精神的愉悦是人生更值得追求的价值。

人生最高的境界是为他人造福，从物质和精神两个方面去帮助那些需要帮助的人。前一方面是理想主义的革命者、改革家、慈善家、医生、志愿者、义工所做的事，后一方面是哲学家、艺术家、科学家、教师在做的事。凡是在自己谋生之外还有造福他人和社会的动机的人都属于这个范畴。他们通过自己的劳作和创造性工作，改善人们的物质和精神生活质量，救苦济贫，救死扶伤，为人们提供精神的享受和愉悦感。当人们因为他们的工作提高了生存质量的时候，他们自己也感受到了一种超越个人的快乐。

这一快乐更加高尚、更加纯粹，是一种超越了个人生存目标，为他人、为社会、为世界变得更美好做出了一些贡献的感觉，它使人觉得自己的存在更丰满、更愉悦、更有意义、更有价值。

作为对比，可以将这些到达人生高境界的人与一些出生在富裕之家的懒人两相对照，后者一出生就具备可以终生无所事事的条件，就像古代的贵族。肉体的舒适和精神的愉悦都不必自己去刻意追求，可以信手拈来，但是他们并没有达到人生的高境界。这种人在我看来是另一类"先天残疾人"，他们就像冈察洛夫笔下的奥勃洛摩夫，生活舒适则舒适矣，却完全丧失了生活的动力，因此不会有健康快乐的人生，更不会体验到人生的高境界。他们在生活中什么也不追求，也就没有任何特定的目标，因而他们的人生也没有价值、没有意义，就像那个奥勃洛摩夫，小说都读到一大半了，他还没从床上下来呢。

保持内心冲动

在人群中，可以看到活得兴致勃勃的人，也可以看到活得无精打采的人。

我有一个朋友，因工作安排不得不长期与丈夫两地分居，退休后没事做，竟收养了一个小女孩，从头养起，现在孩子已经七岁了，非常活泼可爱，经常对她说："妈妈，我能不能跟你聊天？"这位朋友告诉我，她每天都活得兴致勃勃，非常快乐。

我还有一个朋友，常年每天只睡四五个小时，为事业四处奔忙，很少在一个地方待一周以上的时间，还挤时间写诗、写杂文、写小说。他有一次对我说起他的人生态度：

整体空，具体欢乐。他的生命兴致勃勃，丰盈饱满，美不胜收。据说快乐可以传染，作为他的朋友也能感染到生命的欢欣。

其实，人除了这几十年的时间，什么也没有。是让自己的生命兴致勃勃充满欢乐，还是让它无精打采、暗淡无光呢？完全取决于自己的选择。

真正能够给人带来快乐的活动是源于内心冲动的活动。人只要活着，就会有各种各样的内心冲动，或强或弱的内心冲动。

食与色是人内心最强大的冲动，所以古谚云：食色，性也。这是几乎人人皆有的内心冲动，只不过有人强烈些，有人微弱些。

捕获是人内心的冲动，比如渔民抓到鱼，猎人打到兔子，商人赚到钱。

创造也是人内心的冲动，希望无中生有地造出一些美好的物品，比如木匠造一把椅子，音乐家写出一首歌，小说家写出一部小说。

内心冲动越强烈的人，成功概率越高；内心冲动越小的人，成功概率越低。所以你看所有人生有光彩的人，都是内心冲动特别强烈充沛的人。

保持生命活力

当人厌倦了一切时，他就厌倦了生命本身。所以要尽量保持自己的兴趣，对事的兴趣，对人的兴趣，对美的兴趣，对爱的兴趣。

年轻和年老最大的区别在于前者对世界万物兴趣盎然，后者却已经觉得一切都索然无味了。美食索然无味，性索然无味，就连爱也索然无味。因此，看自己对于一切事物是否还有兴趣，是检验自己是否步入老年的试金石。

记得七岁时第一次跟父母去北戴河，觉得兴奋异常，兴致勃勃。由于在海边的沙滩上玩疯了，回到家里有好长一段时间不爱穿鞋，光着脚在家里的水泥地上啪叽啪叽地跑。长大后又多次去北戴河，再也没有儿时的感觉，觉得一切都很普通。后来，北戴河的水污染得很厉害，感觉继续恶化。有位发小，在她的女儿六岁时就带她去了西方生活，可能是因为念旧，有次回国探亲，她带女儿去了北戴河，女儿却对她说："妈妈，为什么要带我到这么脏的地方来？"朋友听女儿这样说，心中黯然。我们真的已经老了，儿时的兴致勃勃早已无影无踪。

人到了吃饭味同嚼蜡的时候，到了性欲全无的时候，也就到了接近死亡的时候。那天看了一部非常可怕的电影，叫作《日落号列车》，一位黑人牧师救了一位企图自杀的白人无神论教授，电影从头至尾是对人生终极问题的讨论，生命的意义，自杀问题，信仰问题。作品并未给出明确答案。在这个宗教信仰式微的时代，无神论是人们没的选的选择。影片提出一个令人窒息的问题：既然生命没有意义，为什么不可以自杀？我的回答是：也可以选择活着。

一个无神论者，一个明知生命无意义的人，仍旧可以选择活着，而且我认为这是一个比较自然、比较正确的选择。既然生命偶然地开始了，就让它继续偶然地存在，直至终点，用不着人为地干预这个过程。企图更早或者希冀更晚地结束这个过程、这条生命，那反而是不太自然的做法。此外，既然活着，就宁愿活得兴致勃勃，神采飞扬，不愿活得无精打采，暗淡无光。

　　但愿保持生命活力，让生命像一团热烈燃烧的火，直到死亡才能使它熄灭。

如何获得自由

人生而自由，却无往不在枷锁之中。这真是至理名言。

枷锁首先是你出生的家庭及其社会地位。中国人爱说"投胎"，好像人之初不是一个小小精子进入卵子，经过一系列细胞分裂出生为人，而是早就是个无形的人，整个投入母体，又整个生了出来。无论人是无中生有，还是无形变有形，出生在什么样的家庭是无法选择的，生在帝王家的一生享乐，生在百姓家的一生辛劳，没的选择，没有自由。所谓自由，就是随心所欲，但是无论一个穷人多么想有钱，他还是没钱，这就是不自由。

枷锁其次是你的身体状况。有人健全，有人残疾；有人漂亮，有人丑陋；有人强壮，有人羸弱。这也是天生的不平等，不以人的意志为转移。男的人人都希望长得像黄晓明，女的个个都希望自己是范冰冰，可惜人生出来是啥模样就是啥模样，没的选择，没有自由。无论一个丑八怪多么想漂亮，他还是不漂亮，这就是不自由。

枷锁还是你的智力状况。有人聪明，有人愚笨；有人颖悟，有人懵懂；有人一点就透，有人百点不透，像糊涂油蒙了心。学文科的人人都希望自己像萧伯纳，学理科的个个都希望自己像爱因斯坦，可惜人生出来是啥智商就是啥智商，没的选择，没有自由。无论一个笨伯多么想变聪明，他还是不聪明，这也是不自由。

既然先天的条件无法选择，无法改变，人还有没有可能获得自由呢？有，那就是在那些可以选择的事情上自由选择，或者说选择自由。

人不可以选择出生的家庭，但是可以选择自己组建的家庭，可以选择自己的生活方式。一个穷家女可以选择嫁入豪门（只要你真能嫁得成），一个穷小子也可以选择娶个富家千金（只要你真能娶得上）。两个社会地位不同的男女可以选择爱情，置双方的社会地位和条件于不顾。当然，社会上实际发生的婚姻大多数还是门当户对的。这里，自由选择的定义就是随心所欲，正好是自己心里最想要的，得到了，就是自由的；不是自己想要的，硬着头皮捏着鼻子在一起过，就不是自由的。自己想要的得不到怎么办？要自由大不了就一个人过，强过跟自己不想要的人一起生活，因为那就丧失了自由。

人不可以选择自己的身体条件，但是可以选择自己的生活方式。长得丑可以选择不看长相的职业，其实有些演员长得也不好看，但是不妨害他们做个好演员，其他行业就更无障碍了，多少政界商界翘楚都是其貌不扬的，而且个子往往还都很矮，可能是平日思虑过度，尽长脑子不长个子了。但是无论美丑妍媸，用其所长，避其所短，就可以达到随心所欲的自由境界。

人不可以选择自己的智力条件，但是可以选择适合自己的生活方式。上不了清华北大可以去上中专技校，学个厨艺、美容、计算机什么的，照样可以做自己喜欢做的事情，过美好的生活。也不见得做个厨师，生活就一定比做个公务员不快乐。只要做的是自己喜欢做的事，过的是自己喜欢过的生活，就是自由，即使只是个厨师；如果做的是自己不喜欢做的事，过的是自己不喜欢的生活，就是不自由，即使是个大官。

总而言之，人生在世，虽然周围尽皆枷锁，但是人完全可以挣脱这些枷锁，过上自由的随心所欲的生活。而要挣脱这些物质枷锁，首先要挣脱的是精神枷锁，要有向往自由之心，并且要有争取自由的勇气，有了愿望和勇气，就勇敢决绝地去选择自己喜欢的生活方式和人际关系，放弃自己不喜欢的生活方式和人际关系。虽然这些抉择并不容易，但是一旦这样去做，就能够获得自由。

我看不出为什么不可以选择第三条道路

修行的目标是圆满和平静。一般说来，只要还有尚未实现的欲望，心中就不得圆满和平静。

世间有太多的诱惑，诱惑以各种令人炫目的形象出现，但是万变不离其宗，左不过围绕着"名利"二字。如果你年薪 10 万元，那么年薪 20 万元、100 万元就是诱惑；如果你是一个处长，那么局长、部长的职位就是诱惑；如果你是个文学家、科学家，诺贝尔奖就是诱惑。只要你的人生还在受到这些东西的诱惑，你的生命就不得圆满和平静。

如果我们持有这些诱惑最终均无意义的看法，就可以修得圆满和平静之心。那些出家人就是最终参透了这一点而得到圆满和平静的。

问题在于，要想修得圆满和平静之心，就一定要什么都不做吗？一定要像老僧入定那样摈弃一切欲望，包括肉体和精神上的欲望和激情吗？我想探讨一下第三条道路的可能性。

第一条道路是人为财死，鸟为食亡，追名逐利；第二条道路是老僧入定，像水边石头上的乌龟那样度过人生；第三条道路则是循着自己肉体和精神的欲望，不是摈弃冲动和激情，而是把这种冲动和激情尽情地宣泄出来，从中得到快乐和满足，在这种快乐和满足中获得圆满和平静的心情。

举例言之，如果我的冲动是写小说，那么我既不因为要得诺贝尔奖而写作，也不因为参透一切名声最终无意义而放弃写作，而是尽情宣泄自己的冲动，从写作中得到自娱之乐；如果我的冲动是做生意，那么我既不会仅仅因为钱而做，也不因为参透金钱最终无意义而放弃，而是在做生意的过程中宣泄自己的冲动，得到自我实现的快乐；如果我的冲动是做官，那么我既不会仅仅因为官位而做，也不会因为参透权力最终无意义而放弃，而是在运用自己的权力做事的过程中宣泄自己的冲动，得到自我实现的快乐。在宣泄自己生命的冲动和自我实现的过程中，在欲望实现的快乐和满足中最终获得圆满和平静的心情。

我看不出为什么不可以选择第三条道路。

直面惨淡人生

在我的一生中，人生哲学对我来说是一位不可或缺的朋友，是一位频繁来访的朋友，又是一位永远无法彻底了解、神秘而可怕的朋友。

像罗素在 5 岁时想到"我的漫长的生涯才过了 1/14，因而感到无边的惆怅"一样，我也是从很小就开始思索宇宙和人生的问题。有一段时间，我不敢长时间地仰望星空，因为从中会看到人生的荒芜、冰冷、无意义。我无法接受这个可怜的生命仅仅在无边的宇宙中像一粒微尘一样存在短短的一段时间就永远消失不见的残酷事实。荣格说，这个问题不能常想，否则人会疯掉。我却常常想，不由自主，至今尚未疯掉只能说明我的神经质地坚韧，而且不是一般的坚韧。

这种思考方式和生活方式也并非全无益处。一个显而易见的益处就是，无论碰到什么样的灾难或看似难以逾越的障碍，只要像我惯常所做的那样，往深处想想宇宙和人生，想想宇宙的广袤，想想人生的无意义，这些貌似难以逾越的大墙就会登时分崩离析，轰然倒塌，消弭于无形，就连让人一想起来就热泪盈眶的爱情之火都可以熄灭，就连最令人心旷神怡的景色都可以黯然失色。因为在宇宙最终的熵增的一片混沌中，这一切都不过是一粒微尘而已，甚至连微尘都算不上，如果它仅仅是人这种渺小生物的一种感觉或痴迷。

我相信，宗教最初就是这样产生的，因为宇宙和人生的这个真相实在太过残酷，令人无法直视，人们只好幻想出种种美好的天堂、神祇、意义和价值，使得人生可以忍受，使得真相不显得那么生硬刺目、那么赤裸裸、那么惨不忍睹。在这个意义上，我羡慕那些信神的人，哪怕是那些不是清醒地而只是懵懵懂懂地信神的人，他们的人生比我的容易忍受。但是难道他们真是清醒的吗？他们坚信不疑的事情是真实的吗？

我的心底始终是无神论的，至多不过是古希腊罗马人那样泛神论的。他们心目中的神祇不过是一种美好的神话传说，就像童话故事一样。虽然不情不愿，但是我的理智和我所受到的所有教育都告诉我，无神论是唯一的真理。承认这个是需要一点勇气的：既然根本无神，你就只能把眼睛拼命地睁开，直面宇宙的荒芜和人生的无意义。

我很年轻时就接触过存在主义，它立即吸引了我的全部注意力，因为它说出了残酷的真理：存在纯属偶然，人生全无意义。存在主义同时为人生指明出路：人可以选择，并自己去承受选择的后果。既然人生没有意义，人为什么还要活着，还有什么必要？既然没有必要，是不是只有去死这一种选择了呢？

存在主义的回答是，可以有多种选择：可以选择死，也可以选择活；可以选择这样活，也可以选择那样。于是，我愿意我的人生更多出于自己的选择，较少出于外部力量的强迫。即便这样，有些事情还是会强加在我身上。比如，我选择了爱情，但是命运（偶然性）最终残忍地让它夭折；我想选择文学，命运却不给我艺术家的忧郁，而随手给了我明晰和单纯（本雅明认为这两项品质不属于艺术家）。当然，在可能的范围内，我还是要尽量地选择，而不是被动地接受命运的安排，因为这才是存在，否则不是存在。

萨特有一次说："在不存在和这种浑身充满快感的存在之间，是没有中立的。如果我们存在，就必须存在到这样的程度。"这话说得够决绝，人或者存在，或者不存在，没有中间项；而存在与否的标准在于是否浑身充满快感。按照这个标准，这个地球上存在的人并不太多，至少不是时时存在的。这个标准听上去简单，但是实施起来并非易事，仅仅观念一项就可以扼杀无数人获得快感的愿望和机会，遑论习俗、文化、五花八门的行为规范。可是，萨特所指出的难道不是唯一可能的存在方式吗？

既然宇宙是如此浩渺、荒芜，既然人生全无意义，快感的存在是我们唯一的选择，我愿意选择存在，尽管它最终还是无法改变存在并无意义这一残酷事实。

最难以忍受的活法

　　人最不能忍受的是光阴虚度，所以坐牢最大的痛苦恐怕不在其他，应是虚度光阴。有个设在小岛上的监狱让犯人每天从岛的一头挑水，长途跋涉，走到岛的另一头，把水倒回海里，做这样无意义的事可以把人逼疯，就是因为它极度地强化了人光阴虚度、生命虚掷的感觉。

　　小波写到插队生活时也有这样的感触：每天看着落日，想到自己的生命竟然这样白白地度过，不禁悲从中来，不可断绝。我们这一代人全都经历过这样的生活，我们将宝贵的青春和生命虚掷在草原，在沙漠，在边陲，在荒野。我们做的事情没有什么意义，仅仅在虚耗生命。有一次，我和小波谈到我们这一代人与前辈、后辈之区别，结论是：我们曾经经历过真正的绝望。老一辈人意气风发，参加轰轰烈烈的大革命，经历大时代的洗礼，改变了中国，改变了世界；小一辈人吃香喝辣，高枕无忧，可以一辈子沉浸在欢乐的小时代，过他们甜蜜的小日子。唯独我们这一代人在生命中一度除了粗笨的体力劳动，还有无处宣泄生命中最高尚的冲动。就是这种感觉。

从社会的角度来看，如果一种制度、一个时代、一种社会安排，令人没有选择的余地，不能按照自己的内心冲动去实现自己的人生，过自己想过的生活，那种制度、那个时代、那种安排就是最糟糕的。从个人的角度来看，如果没有按照自己心向往之的方式去生活，做自己最喜欢做的事，只是按照他人或社会的安排去做自己不愿做的事情，那就是生命的虚掷，是令人最难以忍受的活法。

生之焦虑

人生在世，总有焦虑。年轻时，焦虑事业，焦虑爱情；中年时，焦虑婚姻，焦虑养家；老年时，焦虑身体，焦虑死亡。由于焦虑过度，人们活得不快乐，严重地陷入抑郁状态。

怎样才能摆脱焦虑？这是人生修炼的一大目标。

宗教信仰是让人摆脱焦虑的一个途径。尤其是一些宗教，对摆脱焦虑有特效，其教义好像是专门针对这个问题而设的。没有宗教信仰的人怎么办？只能靠对世俗人生哲学的潜心研究和沉思了。

人如果很年轻时就完全没有焦虑，那他就不可能成就任何事情，因为在人世的诸多竞争中，人生的奋斗就如逆水行舟，不进则退。只要竞争，只要努力，就一定有焦虑。那么消除焦虑的途径在哪里呢？我认为有两个原则可以消除焦虑：一个是量力而行，另一个是适可而止。

如果一个人给自己设立的目标比自己的能力所能达到的高太多，那么焦虑的程度就会很大。在我的一生中，常常记得一句话：求其上，得其中；求其中，得其下。如果一开始就把自己的目标定得很低，那么成就就不会大。所以为自己设立一个比较高的目标是对的。但是，目标不可以比自己能力所能达到的高出太多。比如自己明明没有文学才能，却立志要做个文学家，目标实现不了，就会陷入焦虑之中。只应为自己设立一个略高于自身能力的目标即可，既可以起激励作用，又不至于使自己屡受挫折，陷入焦虑。

所有的奋斗和努力应当在适当的时候停下来，或者在年老时，或者在身体衰弱时，或者在欲望减退时。如果身心健康，欲望高涨，当然还可以尽情地去做任何能够真正为自己带来愉悦感的事情，对于我来说，就是写作；在欲望衰退后，就应当毅然决然地停下来，彻底休息，平静地走向死亡，如黑塞所言：学着去死。

不与人比，不与己比

　　克里希那穆提提出，人应当认识自己，按自己本来的样子接纳自己，不与人比，也不拿真实的自己与应该的自己比。这是很智慧的说法。

　　人从小就学着跟别人比赛、竞争，无论是小时候上学还是长大了工作，都要拼尽全力去跟别人比，比上了就得意扬扬，比不上就羡慕嫉妒恨。人们的才能本来是各种各样的，你这样强，别人那样强，即使做同一件事，还是强中更有强中手，如果人总是紧张兮兮地跟别人比拼，那就终生不会有安宁的心境。最糟糕的是，当你嫉妒别人的时候，你的心情就被彻底地败坏。因为嫉妒是一种负面情绪，它希望的一般不是自己跟别人一样好，而是把别人拉下来，降到自己的水平。甚至是幸灾乐祸，那简直就是邪恶了。一个常怀邪恶心的人，生活怎么能够幸福？

此外，世界上有些东西，如金钱、权力和名望，还是能够通过自己的努力获得的，所以跟别人比，有时能够起点儿正面作用，得到一点儿正面的能量；而有些东西，如美貌和智力，是先赋的，无论怎样努力也无济于事，只是徒增烦恼而已。所以，根本不需要跟别人比，只有照自己的样子接纳自己，才是获得好心情的不二法门。

大师进一步提出，人对真实自己的接纳，还应当包括不用真实的自己跟"应该的自己"去比，这又是为什么呢？应该的自己往往比真实的自己更漂亮，更聪明，更有钱，更有名。一看这些应该的自己，心里马上就会焦虑起来，为什么自己做不到呢？自己不是立过志的吗？不是给自己定过目标的吗？我应当是做老板的，怎么还是个打工的？我应当是当局长的，怎么还是个处长呢？我应当出书的，怎么书稿还压箱底呢？不跟应该的自己相比，要点在于去做自己喜欢的事，而不是去做应该做的事；去做自己喜欢的人，而不是去做应该做的人。只有这样，人才能获得内心的宁静和快乐。

　　总之，大师的规劝是希望人能够有一个平静快乐的人生，他把这种人生境界叫作"道"，如果做到了，就是得了道；如果做不到，就还没有得道，还在做无谓的挣扎。

饶了自己

在酷热的日子里，深切感到生命的丑恶。外面有单调的蝉鸣。好像在憋雨，可是怎么也下不来。老天一定憋得肚子胀胀的、疼疼的，什么时候才能痛快淋漓地宣泄一下呢？

常常在想写作的事。我感到，小说是写不了的，写小说必须心有郁结。无论是阶级的、贫富的、性欲的，必须有郁结，而我恰恰是没有郁结的，所以没有动力写，硬写也是写不好的，至多是苏珊·桑塔格和村上春树那样知性的理性的东西，而没有感性的东西，不可能好看。看了福斯特的《莫瑞斯》，更痛切感到是这么回事，他的欲望受到压抑，很痛苦，感觉于是变得敏锐。虽然对同性恋的恋情不喜欢看，但是还是能从纯文学的角度受到吸引。试问，如果他不是欲望受到压抑，经历了挫折和折磨，能写出来吗？能有动力写吗？

现在我被说成是"那个写博客的人"。这就是对我的人生的评价吗？我感到痛苦无奈。可是世界多么大呀，无数的人，古往今来，前仆后继，在茫茫人海中能被人知道已经是很不容易了，绝大多数人都是生下来，活几十年，然后死去，就像从未存在过一样。不管是因为什么，我的生命比许多人更有滋味，更精彩，我可以窃喜了。

有人说，我写的东西就是简单的分类。我是挺受打击的。可是扪心自问，他们说得也没什么错。基本事实的描述，一些新观念的引介，这就是我做的事情，现在再后悔已经来不及了。虽然别的人也没做什么了不起的事情。主要是我才力不够，而且给自己定的目标太低。只是跟周围人比，觉得自己还行，没有什么远大的志向。总记得当年刘索拉说的：本来自己不怎么样，可是一看周围，没有比自己更好的了。所以她才出国去寻找真正的高手，想做真正比较高明的东西出来。我就是没有她那么高的志向而已，满足于跟身边的低手比比就饶了自己了。于是，轻轻松松、浑浑噩噩地度过了一生。

我现在只想快快乐乐平平静静地度过余生，不期望惊涛骇浪，也不期望什么更大的成就，剩下的时间懒洋洋地晒晒太阳，听听音乐，人生也是很美好的。

赞美友情

友情是人生在世比亲情少见、比爱情多见的一种情感。

人人都有父母、亲人，与生俱来，血浓于水。即使是收养的孤儿，天长日久，与养父母的一家也会滋生亲情。相比之下，友情就不是人人都有的。

爱情却是可遇而不可求的，真正的激情之爱发生的概率也并不高，多数所谓的爱情只不过是一般的两情相悦、耳鬓厮磨而已。即使如此，友情与爱情相比，发生的概率还是要高很多。它发生的条件不如爱情那么苛刻，不必时时在一起，不必有肉体接触，只是灵魂上产生一些投契、共鸣，即可成立。

与亲情相比，友情有更多选择的余地。它是双向选择的结果。一个人出生在富贵之家还是贫困之家是没的选的；一个人被亲人关怀备至还是被亲人厌恶、嫌弃也是没的选的。所以，亲情对一个人来说，可能是幸福，也可能是不幸。很多心理变态的连环杀手都出自亲情畸变的家庭。友情却没有这个问题，它必定是相互投契甚至心心相印的，否则就完全没有可能发生，也完全没有必要存在。

与爱情相比，友情的浓烈程度大大不如，但是也正因为如此，它持续的时间可以比较长。爱情像烈火，一旦燃料用尽，就会熄灭；友情却像山间的小溪，默默流淌，无休无止。再热烈的爱情也很少燃烧一生一世，因为那种烧法谁也受不了，最终爱情会在某种程度上转变为亲情和友情；友情却有可能延续很长时间，因为它不需要投入太多的燃料，是一种中庸和煦的感觉，这倒反而延长了它的寿命。

找到灵魂投契的友情实在是人生之大幸。得到友情的心灵如沐春风，如浴冬日。质量高的友情，其亲密无间可以达到温暖快乐的程度，其心有灵犀可以达到趣味无穷的程度。它甚至可以为人带来超过亲情和爱情的踏实感和欣慰感。最值得赞美的是，它可以减少孤独的感觉。虽然人生在世，每个人归根结底都是孑然一身的，但是有一颗相通相携的灵魂，毕竟还是使得人生显得不那么残酷、短暂、孤寂，而有了些微暖意。

妈妈印象

妈妈是一年前走的。她走得很平静，在 88 岁的高龄。

妈妈的好几位好友都写了纪念文章，可是我一直没写。在我心中，妈妈就是一个妈妈，她像所有的妈妈一样慈祥，像所有的妈妈一样爱孩子，也像所有的妈妈一样有着各种各样的小毛病，比如说过度节俭。直到最近，我在做性别研究时，重新翻出了当初对妈妈做访谈时留下的录音记录，我才突然间意识到，妈妈是多么与众不同，多么出类拔萃。

我做社会学，关注的都是社会和人的常态，那次访谈访问的是几十位各式各样的妇女，有工人、农民、干部、知识分子，访谈中会问到她们和丈夫是不是平等、谁做家务事、如果能选择回家愿不愿意回家，等等。谈的过程中，妈妈总是用一种挑战的口气回答我的问题，谈完之后，妈妈说了一句，这些问题不好，没有意思。我当时还不大高兴，现在重新听才发现，妈妈之所以不喜欢这些问题，是因为这都不是她的问题，就像福柯说的："这不是我的问题。"妈妈所关注的问题早已超越了这些。

妇女先锋

李小江做"中国妇女的口述史"，曾邀我访问妈妈。我当时很忙，此事就拖了下来，现在我很后悔，因为妈妈她们这一批"三八式"的干部，当年怀着满腔热血奔赴延安的知识青年，恰恰是中国妇女几千年历史上从来没有过的新人，是中国妇女解放的先锋。正是这些参加革命的女性或称女性职业革命家为中国女性参与社会生活开了先河，也为男女平等的意识形态成为主流意识形态起了最关键的作用。

妈妈在我的访谈中说："1936 年我师范毕业了，就自己找工作，回到新野县小学教了半年书，后来又回我的母校邓县女中教了半年书。后来七七事变，我就出来（去延安）了。那时我有个老师是地下党员，介绍我们去参加革命了。"妈妈是裹过脚的人，在河南农村，姑娘脚大是嫁不了好婆家的，所以妈妈被她的妈妈裹了脚，幸亏裹得不是太小，时间不是太长。妈妈就是用这双"解放脚"跟那批热血青年一起唱着歌一步一步走到延安去的。唱歌的事是我看到妈妈一个简短的回忆录里写的——在妈妈还没有老到不能写作时，我劝妈妈写回忆录，可是她总是觉得自己太平凡了，不愿写。

妈妈和爸爸是自由恋爱的，这在当时的中国绝对是凤毛麟角。听妈妈说，她在20世纪30年代末在抗大学习期间认识了爸爸。有一次，她和爸爸一起踩着石头过一条河，她走不稳，爸爸去拉她，就在双手接触的一刻，他们相互爱上了对方。我觉得他们真的很浪漫。这大概就是我长大后喜欢浪漫爱情的源头吧。爸爸跟着解放大军初进城时，风流倜傥，像很多男人那样，有点花心，对一些漂亮的女同事有点过于热情。闲话传到妈妈耳朵里，妈妈一点也不像旧式妇女那样哭天抢地、痛心疾首，只淡淡地说了一句："我的感觉就像清晨散步。"这句话把妈妈作为一位有独立生活天地的新女性的自信表现得淋漓尽致。她对自己充满自信，对与爸爸的关系充满自信。

据我的观察，爸妈的关系是和谐的、充满感情的，尤其是平等的。"文化大革命"期间，家里的房子被收走几间，有一阵我在父母屋里的沙发上睡觉。每天早上六点半，这两位老新闻工作者都准时收听新闻，之后有长时间的议论，我能听出他们对国家命运的忧心忡忡，也听出了他们观点的和谐一致。

父母关系的平等还表现在为我们取的名字上。两个姐姐姓爸爸的姓，我和我哥哥——家里唯一的男孩——姓妈妈的姓。这样起名完全违背了我国传宗接代的传统。记得有一次我在马来西亚讲演，题目是《中国的男女平等事业》。讲到孩子可以随母姓，我举了自己的例子。由于马来西亚是中华文化传统深厚的社会，来听讲的又有许多华人，听众们兴奋地讨论起随母姓的事情，言谈话语之间流露出对中国男女平等事业的钦羡之情。我也在略感意外之下生出了一点自豪——即使在西方社会，女权主义闹得如火如荼，女人结婚后还大都要冠丈夫的姓，更不要想孩子随母亲姓。所以我认为，妈妈无论在公在私，都不愧是一位"妇女先锋"。

农民喉舌

妈妈从 1946 年《人民日报》创刊时就到了报社，一直工作到退休。所以"报社"这个词对于幼年的我来说，就是"家"的意思。看病去"报社"，上幼儿园去"报社"，洗澡去"报社"。妈妈的工作和家庭早就融为一体。正因为如此，在我访问妈妈时，问到如果在工作和家庭中选择一样她选哪个的问题就显得特别古怪，不怪妈妈没好气地说："都是革命干部，不工作干什么？"女人回家的说法对于她来说简直就是笑谈。

妈妈很长时间担任《人民日报》农村部主任。她这辈子主要和农村问题打交道。具体都有哪些争论、经过哪些斗争我不了解，但是"大寨""七里营"，后来是"包产到户"这些词在她嘴里出现频率很高。这都是她多次采访、报道过的人和事。记得那年她在改革后重访大寨的一篇文章还得了全国新闻奖。

妈妈是带着感情去工作的，因为长期搞农村工作，她的感情就给了农民。我还隐约记得，那时我也就七八岁，妈妈爸爸每个礼拜天都带我们几个小孩去公园。有一次我们去了天坛公园。天坛公园那时候又大又野，里面还有农民种地。妈妈爸爸见到农民，就会过去跟他们问这问那，问他们的收入，问蔬菜的价钱——我后来做了社会学，启蒙的根子也许该追到这儿吧。

妈妈对农民的感情还表现在对她的保姆身上。她是一个安徽无为的农妇。妈妈为了让她多挣钱，允许她在闲着的时候到别处去打工，一般的雇主都不会答应保姆这样做的。妈妈还无偿地接待她的儿子、女儿、亲戚，以至每礼拜我回家看妈妈，保姆那屋总是人声鼎沸。在我的印象中，妈妈的家就像个大车店。过春节、劳动节、妇女节，妈妈还要给保姆发节日奖金。报社北边的农贸市场一开张，妈妈就成为那里的热情顾客，再不去国营商店买东西了。好像在那个农贸市场上卖菜的农民就是"农民富起来"的象征。就连沙发、写字台之类，她都请街上游动的农民木匠打，钱不少给，打出来的沙发硌屁股。我隐隐地觉得妈妈是在为当年"割资本主义尾巴"不许农民搞副业做忏悔、做补偿呢。

有一次我代表妈妈去看望她的老友、前农委主任杜润生，他用一支大粗碳素笔颤巍巍写了"农民喉舌"四个大字，让我带给妈妈。这确实是对妈妈一生的恰当的总结。

淡泊人生

妈妈的一生活得淡泊，淡泊名利，远离所有的诱惑。自从妈妈看了电影《巴顿将军》，就对里面的一句话念念不忘："一切富贵荣华都是过眼的烟云。"我一再从妈妈那里听到这句话，我感到，这正是妈妈对人生的感悟。

妈妈对于钱财非常淡漠，她在用钱上是两个极端：对自己竭尽克扣之能事；对他人却大方得要命。妈妈吃饭之简单是出了名的。听报社的人说，报社食堂一点儿破菜汤、一个馒头就是她的一顿饭。妈妈住的地方也没有正经装修过，没有一件像样的家具，有外地亲友来京看望她时惊为"贫民窟"。可是妈妈给希望工程捐钱却不吝惜。有一回，河南老家的村里来信劝捐修小学校，妈妈一次就寄去一万元。这在她一生的积蓄里占了不小的比例。农村老保姆退休，她坚持要给退休金，念她在我家照顾父亲和她多年，妈妈给了她两三万元的退休金。而她留给我们四个孩子的"遗产"总共才几万元。

妈妈对于"名"也很淡漠。妈妈在写作上有很高的抱负，可惜并没有实现。这是我在她生命的最后时刻才知道的。那次访谈，有一个问题是问及什么是她心中理想的女性，妈妈却所答非问地说了一句："我写的那些都远远不是我想写的。"我知道，这就是报社的老人纷纷出版自己的作品集时妈妈从来不动心的原因——她所写的东西由于各种原因，并不是她最想写的，也远远没有达到她心目中的高度。而且她并不在意出名。

其实，妈妈写作和说话都特别生动，这是妈妈的特点。我看她写的少数几篇文章，感觉的确是这样。还听说，当年闹形式主义、"左倾"思潮的时候，人们写作、说话都是千人一面、枯燥乏味的，可是妈妈生动的个性使她不甘寂寞，以至人们竟然都特别爱听她的检讨——她即使在检讨中也不爱用那些套话。比如她在谈到自己的身世时曾说过自己是"小姐的身子丫鬟的命"——她生在一个大地主的家庭，但是由于父亲重男轻女，她从小就被送到舅舅家去住，小小年纪就尝到了寄人篱下的滋味。

由于妈妈外表过于朴实，从来不会梳妆打扮，竟致被人误作文盲老太太。报社一位老阿姨给我讲过一个妈妈被人传为笑谈的逸事。有一次，妈妈到报社前面的小书店去买书，那个小年轻的售货员问她："老太太，你识字呀？"妈妈笑眯眯地说："识得几个，识得几个。"按照概率，在妈妈这个岁数，又是个女的，百分之七八十应当是文盲的。这个小青年万万想不到，站在他面前的这位老奶奶岂止是识字，还是一位以文字为生的人呢。

妈妈生命中最精彩的一笔是捐献遗体。妈妈以她淡泊名利的一贯作风在遗嘱中提出：死后不开追悼会，不搞告别仪式，遗体捐献供医学研究之用。爸爸当初也是捐献了遗体的。这是他们两人商量好的。在一个有着活人要靠死人的亡灵保佑的传统观念和习俗的文化中，此举绝对是惊世骇俗的。那些斤斤计较墓地排列顺序的人也无法理解他们的境界。在我心中，妈妈此举是以自己的肉身为标枪，向人世间的虚名浮利做了英勇、美妙而彻底的最后一击，以此为她作为一个女战士纯洁高贵的一生画了一个圆满的句号。

虽说一切富贵荣华都是过眼的烟云，但是人可以活得很精彩，也可以活得很乏味。我觉得妈妈的一生虽然平凡，但是绝不平庸，她的生活相比之下是精彩的。虽然她的生命已经如烟飘散，但是她绝对属于出类拔萃之辈。

生活家与工作哲学

　　很喜欢"生活家"这个词。第一次在西湖湖畔看到这三个大字赫然镌刻在一块西湖石上，心弦被轻轻拨动。因为生命中已有一段时间，这三个字总是在心中若隐若现，逐渐成形。一旦看到它竟然被公然提出，就有了画龙点睛之感，隐隐还有一种天机被泄露的感觉。

　　"生活家"这个词，第一眼看去，会令人产生罪恶感。因为我们从小所受的教育、所养成的价值观，一向只有工作哲学，工作是人生第一要务，生命不息，工作不止，稍稍闲下来，犯一会儿愣，罪恶感就会油然而生，好像生命被浪费了，被虚度了。现在，有人不但把"生活"作为一种正面的人生价值提出，而且要成为"生活家"，这是对我们的工作哲学的公然挑战。然而，这种工作哲学，这种使用时间和生命的节奏，其实是大可质疑的。

将工作视为人生最重要的价值，至少是一种本末倒置，倒因为果。人生在世，最重要的是过一种舒适、宁静、沉思的生活，如果短短的几十年能够达到这样的境界，那就不虚此生。在人生这说长不长、说短不短的旅途中，越早到达这个境界，就越早拥有人生的真谛。而工作应当是达到这个境界的手段。我们的工作哲学把手段当成了目的，不是本末倒置又是什么？

所有超过生存需要的劳作，都是这种错误哲学的后果。听说，在希腊，曾经发生过一场当地居民与中国移民的冲突。原因是中国人的店铺在午休时间都不关门，而希腊人的生活非常懒散，中午会有长长的午休时间。由于中国人不休息，一直工作，就把当地人的生意全抢走了，逼得当地人也不得不加入竞争，不能再过懒散的生活，于是引起他们的不满。虽然希腊陷入债务危机，懒散的生活方式也许难辞其咎，但是希腊人的生活节奏和生活方式对我们的工作哲学不能说不是一种挑战。退一万步说，一旦可以满足生存的基本需求，超出部分的额外工作是否必要？这是希腊这个古老民族用它的社会习俗和生存哲学向我们的工作哲学提出的一个问题。

就像那个脍炙人口的渔夫的故事：一位渔夫在海边钓鱼，钓了几条就收了竿准备回家。一位路过的富人对他说："你为什么不多钓一些鱼？"渔夫反问："钓来做什么？"富人说："可以把多出来的鱼卖掉，买一条船。"渔夫问："买船做什么？"富人说："可以钓更多的鱼去卖。"渔夫问："钓更多的鱼去卖做什么？"富人说："那你就会很有钱。"渔夫又问："很有钱能做什么？"富人说："那你就可以到处旅游，悠闲地躺在海边晒太阳。"渔夫说："我现在不就已经悠闲地在海边晒太阳了吗？"我总爱引用这则寓言，原因就是它提出了一个重大的人生哲理：我们应当过什么样的生活。工作挣钱是目的，还是快乐平静的生活本身才是目的？

上述哲理有一个例外，那就是创造性的工作。就像王小波，他有一种冲动，要用小说来浇心中块垒；就像冯唐，他一天恨不得要工作二十四个小时，可是一有空闲，他就不由自主地要写，据他说，想停也停不下来。这样的人成不了生活家，但是他们的创造并非一般意义上的"工作"，那是发自内心的一种创作冲动。有天才的人的生活是被他们的天才挟持的生活，由于他们的天才力量太强大，他们的创造冲动太强有力，他们成了自己才能的奴隶，必须为之鞠躬尽瘁，死而后已。而对于我们这些凡夫俗子来说，最佳的人生境界也许不是别的，而是成为一个快乐的生活家。

生命哪里能够奢侈到需要"打发"

高效就是节约生命，就是延长生命。

如果在一个相同的时间段，别人享受到一，你享受到二或三，那么你的生命就仿佛延长了。当然，它其实并未真的延长，但是在感觉上是延长了。你的时间和生命好像变得黏稠了，而不是像别人那么稀薄寡淡。

无论阅读、欣赏还是创作，都需要高效。所谓高效有两个维度：一个是数量，另一个是质量。最高的效率就是最多和最好。所以看东西只看最好的，不好的最多只看一眼，发现不够好就扔下，不然就是浪费生命。

世上人们写了那么多的书，简直浩如烟海，汗牛充栋，而这些书里面，真正好看的并不多，可以说99%都可以不看，都不该看，看就是浪费时间，白白耗费生命。

有次跟冯唐提起一本小说，他说：你千千万万别看，太难看了。我很感谢他的提醒，看来他还是看了，不然怎么知道好看难看。我感谢他的提醒省了我浪费时间的同时，替他感到遗憾，因为他的时间已经被浪费掉了。

世上人们拍了那么多的电影，就连我这种在只有八个样板戏的情况下度过了整个青春期的对电影饥渴到无以复加程度的人，也不能是电影就看，因为真正的好电影也不多，可以说99%都可以不看，也都不应该看，看就是浪费时间，虚耗生命。我心里常常劝诫自己，除了真正的专家说好的电影，就都不要看。无奈诱惑太大，就像个年轻时候亏过嘴的人，后来难免变成饕餮。有时候也降低门槛，看点商业片，纯粹娱乐一下，享受一下纯粹的感官刺激，心中怀着一点堕落的慵懒，打发一下时间。

其实只要认真想一下，生命是多么短暂，哪里能够奢侈到需要"打发"的程度？

对待创作也应取同样态度。回顾一生，还是浪费了很多时间，去做自己并不真正感兴趣的研究，写自己并不真正喜欢写的书。这样浪费自己的时间和生命，是非常遗憾的。只有来自内心冲动的写作才是值得一做的事情，无论是来自内心的好奇，还是来自内心的纠结。

为什么做事

　　退休之后，生活的方式变得纯粹：过去，总有许多不得不去做的事情，忙碌焦虑，争分夺秒，事半功倍，按时交活儿，无形中冲淡了关于生命意义的思虑。现在则不同，所有的忙碌戛然而止，生活的意义、做事的意义的问题每时每刻摆在面前，无可回避。

　　只要想想浩瀚的宇宙和渺小的稍纵即逝的生命，马上就会万念俱灰，全无动力做任何事情。叔本华写道："但愿我能驱除把一代蚂蟥和青蛙视为同类的幻觉，那就太好了。"如果心灵比较强悍，就不需要这类幻觉，人类的生命说到底与青蛙、昆虫没什么大区别，只不过它们的生存时间更加短暂，一年或一天，而人类幸运的话可以活100年。仅此而已，岂有他哉？

既然知道生命并无意义，一切终将归于沉寂，为什么还要去做任何事情？还有什么事情是值得一做的？我常常这样反躬自问。没有答案，只是心中感到一片茫然。

如果说有一个答案，那就是：没有一件事是值得一做的。这是一个人们不愿意直面的答案，惨烈而悲壮。

既然如此，人们为什么还在做事呢？

人们做事的原因有两类：一类是不得不做的，一类是作为享受喜欢去做的。前者是所有谋生类的事情，为了满足起码的生活必需、为了维持生存不得不去做的事情；后者是自己喜欢去做的事情，能从中获得愉悦感的事情。后者才是相对来说比较值得一做的事情。

人在全无必需的情况下，如果还有动力做事，应当出于以下几类动机。

第一类动机是想使自己的生命伟大一些，而不是那么渺小。日常生活，吃喝拉撒睡，都是渺小的。有些人做事是为了使自己的生命不那么渺小，做出一点儿常人做不出来的事情，使自己从芸芸众生中脱颖而出，被人仰望，被人尊重，被人记忆。

第二类动机出于对他人的同情和怜悯，帮助他人。像那些做慈善的人，他们希望以自己的能力和努力帮助那些处境不如自己的人。我认识一帮动物保护主义者，每天为改善小动物的处境东奔西走，大声疾呼，他们就更是出于同情和怜悯。

第三类动机是所做之事能给自己带来巨大的快乐。一些艺术家就是这样的，他们写小说、画画、作曲、拍电影、排话剧。在做事的过程中非常享受，乐此不疲。

目前，我对第一种动机和第二种动机都很淡，只剩下第三种动机使我每天还能勉强爬起来做一点儿什么。与此同时，我会继续常常想着宇宙和我的生存，演练死亡。我想把每晚睡去想象为死亡，因为它有一段时间是全无知觉的，确实跟死亡很相像；把每天早上醒来想象为出生，因为这样才能使我的生命中新的一天过得有新奇感、兴奋感。我的每一天都应当以梭罗在那篇日记中表明的态度来度过，他在瓦尔登湖畔 19 世纪某天的日记中郑重其事地写道：我

现在开始过 × 年 × 月 × 日这一天。经过这样的演练，我希望在死亡到来的时候我的心情会无比平静，因为我已经无数次地演练过死亡。

工作是手段，不是目的

一天和四梅聊天，说到中国人对工作生涯的眷恋：都不愿意早退休，即使退下来也还要拼命争取返聘。她说到她的一位美国同事，在她跟她聊到"到岁数要不要退休"的问题时，那美国人很不理解这怎么会成为一个问题。她解释说，就是要不要再争取多工作几年。那美国人大惑不解地说："世界上有这样的人吗？"

我们当然知道，在中国，有这样想法的大有人在。有意思的是，这些不想退休的人并不一定是为了享受权力（很多并不是官员），也并不一定是为了挣钱（退了，工资也少不了多少），而是因为精神的需求，愿意生活有点内容，或者逃避年老的感觉。

我觉得这里有两个问题：

一个是生活内容的贫乏。对于某些人来说，工作就是他的全部生活内容，他的生活中没有其他的需求，也没有其他的内容，所以才会有"退休综合征"出现，一旦不工作了，就无聊，烦闷，无所适从。

另一个问题是缺乏享受人生的观念。我们的工作道德已经把人们塑造成工作机器，一旦不工作，就像机器停转，人生就止步了。我们的工作道德已经把工作变成了目的，而不是生活的手段。其实，除了少数艺术家和学者，对于大多数人来说，工作应当被定位为人生的手段，而不是目的，目的应当是享受人生。退休生活正好是告别手段，达到目的，开始真正享受人生的时候，世界上比较正常的人大都会这样想，所以那位美国佬才会对有人竟然有"再工作几年"的想法大惑不解。

我很快面临退休，而我并不是一个对自己的研究领域能有至死不渝的爱好的学者，所以我的选择应当是从2012年开始真正地享受人生。顺便说一句，我是不大相信2012是世界末日的，四梅有点信。

正因为人生无意义，才更值得经历

　　加缪所说的"我的反抗，我的自由，我的激情"是我所看到的对人生意义最好的回应。加缪说，正因为人生是没有意义的，它才更值得经历。这话听上去不像个道理：为什么正是因为它无意义才更值得经历？像是有点强词夺理。也许是指如果为了什么具体的意义或利益的事情倒不能引起人的兴趣吧。因为无论是财富、权力，还是声望，最终都没有什么意义，一切世俗所谓的"意义"均无意义，所以，去经历和体验一种原本没有意义的生活，去发现它，去创造它，也许为它赋予一点点非常私人的意义，这倒还有点可能。去体验各种有趣的事情，去创造一点点美，把

自己的人生塑造成一件精美的艺术品，这才是值得去做的
事情，虽然最终，这一切还是没有意义的。

| 第三章 |

爱情究竟是什么

· · · · · · · · ·

人生在世，最美好的生存状态是沉浸在
爱之中。爱情是人世间稀有的、宝贵的、
最富于戏剧性的经验，它绝非人生存的
常态。

爱情究竟是什么

爱情究竟是什么？这个问题人们已经问了几千年，至今无解。

几千年前，古代哲学家苏格拉底就曾提出这个问题：什么是爱？并以狄欧提玛这位爱的导师的话作答："它既非不朽之物，也非必朽之物，而是介于这两者之间……它是一个伟大的精灵，而正像所有的精灵一样，它是神明与凡夫之间的一个中介。"

几千年后，当代哲学家罗兰·巴特在《恋人絮语》中仍然在说："我实在很想弄明白爱情究竟是怎么一回事。"

按照我对爱情的理解，它是一种两个人情投意合、心心相印的感觉，是一种两个人合二而一的冲动。它是一种突然迸发的激情。激情一旦减退，谈爱就属枉然：爱要么是激情的化身，要么什么都不是。当激情的爱发生之时，被爱的人的可爱之处被剧烈地夸大，以致在有爱和没爱的两个人眼中的同一个对象会是如此的不同，判若两人。正因为如此，普鲁斯特才会一再地表达这样一个看法：所有陷入情网的人，爱的不是真实的对象，而是自己心目中虚构的对象，是自己的感觉本身。

也许研究最终表明，"爱"这种感觉不过是一种错觉而已；但的确有人经历过被称作"爱"的这样一种心理过程，有爱和没爱的界限在他们心中像黑和白一样分明。无论如何，"爱"是一种非常奇妙的感觉，是美好的，是一种不可多得因而值得珍视也是值得尊重的人类体验。虽然当事人有时不得不为了其他的价值牺牲爱，就像《廊桥遗梦》里的女主人公为了家庭价值牺牲爱那样，爱本身是没有罪的。如果一桩爱情发生了，它就是发生了，它不仅不应当因为任何理由受责备，而且从审美的角度来看，它肯定是美的。

爱的发生可能与生活质量有关。据社会史家研究，在前现代的欧洲，大部分婚姻都是契约式的，是以经济条件而不是以彼此间的性魅力为基础的。在贫困者的婚姻中，有一种组织农业劳动力的手段。那种以永不停息的艰苦劳动为特征的生活不可能激起爱的激情。据说，17世纪德国、法国的农民中间，已婚夫妇之间几乎不存在亲吻、亲昵爱抚以及其他与性相联系的肉体爱恋形式，只有贵族群体间才存在性放纵，这种性放纵在"体面的"妇女中间被公开认可。浪漫之爱是在18世纪以后才出现成型的。

爱的发生可能还与人们的生活方式有关。在古代，女人藏身深闺，不易得到，因此常常能激发出浪漫爱情；而在现代，女性不再是不可接近的了，无须有很长一段追求期，人们来不及"爱上"，就可以由一夜之间的一见钟情转而过起同居的生活。有极端的实践者竟这样说："三天之内，我们就已成为老夫老妻了。"在后现代的开放空间里，不少男女在性方面的过度挥霍造成了爱的贫乏，他们渴望拥有真正的爱情。"这是一个对爱情饥渴到极点的年代，因为缺乏，所以饥渴。"

对于激情的爱，人们褒贬不一。激赏它的人视之为人类最快乐、最值得珍视的经验；但是反对的意见也很多，从各不相同的角度。著名人类学家马林诺夫斯基说："爱是一种激情，这无论是对马来西亚人还是欧洲人而言都是一样的；它或多或少都会使心身备受摧残；它导致许多困局，引发许多丑闻，甚至酿成许多悲剧；它很少照亮生命，开拓心灵，使精神洋溢快乐。"吉登斯则说："无论是什么地方，激情之爱都不曾被视为婚姻的充分必要基础；相反，在大多数文化中，它都被视为对婚姻的难以救药的损害。"

从爱情与婚姻关系的角度来说，爱情的演变经历了这样两个阶段：在古代，它与婚姻没什么关系，只存在于浪漫的情人之间。在近现代，通过好莱坞式的爱情的普及，和有爱情的人结婚成为一种理想，但是实际上，在婚姻中，激情最终变成柔情、亲情。此外，在许多婚姻中，压根儿就没有激情，只有柔情，有的连柔情也没有。这样的婚姻与古代的婚姻没什么不同。古人严格区分爱情与亲情，今人则渐渐将二者合一。今天的爱情因此已经发生了重大的转变。在古代，爱情就是激情，婚姻就是爱情的坟墓，是爱情的障碍，是与爱情势不两立的东西；在现代，爱情在最初的迸发之后，渐渐转变为亲情，激情渐渐转变为柔情，爱情与婚姻实现了某种程度的结合，不再是水火不容的两极。

灵魂伴侣

人此生如果没有交到灵魂伴侣，那是一件非常遗憾的事情。

灵魂伴侣首先必须是可以无话不谈的。两人之间没有任何秘密，与对方交流就像自言自语一样：人对自己还有什么是不能说的呢？人有倾诉的需求，如果世间没有一个倾诉对象，灵魂就成了孤魂野鬼，痛苦难当。

灵魂伴侣一定是互相欣赏的，也就是知音。如果你并不真正可以由衷地对他说一声赞，或者他并不真正可以由衷地对你说一声赞，两人只是互相挑毛病，交流中尽是负面信息，那也很难维系。

灵魂伴侣一定是性格投契的，如果一方真挚敏感，一方虚伪鲁钝，绝难成为灵魂朋友。性格相互感觉舒服才可能交流，如果总是相互龃龉则全无可能建立关系。其实倒不一定均为内向，或均为外向，一个内向一个外向也有相互吸引的可能，关键还是性格的契合度。

　　灵魂伴侣最重要的还是要互相喜欢，如果对对方有一丝一毫的厌恶，就绝无可能成为灵魂伴侣，因为灵魂伴侣不一定在现实生活中有关系，吸引力全在精神层面，灵魂之中，如果对对方灵魂不能喜欢，甚至没有兴趣，那是绝无可能成为灵魂伴侣的。

　　总之，灵魂伴侣在每个人的生活中所占分量不同，有些分量很重，有些分量较轻。但是无论如何，交到一位灵魂伴侣仍是人生一大幸运。

超凡脱俗的爱

我终于明白，在这个世界上，只有精神之爱才是最愉悦的。

首先是自由。精神之爱可以独往独来，我行我素，完全彻底地随心所欲，不受任何物质因素的羁绊。只要沾了物质，沾了现实，沾了身体，就再也没有这样的自由。无论是必须同居的义务，还是必须美丽的肉体，都会限制爱的自由，使之无法实现。

其次是完美。精神之爱可以无限纯净，无限激昂，无限完美，是你能想到和做到的极致。只要沾了物质，沾了现实，沾了身体，就无法有这样的完美。现实关系总会有琐碎的烦恼和不如意，吃喝拉撒，生老病死，金无足赤，人无完人。只要是真人，只要在现实中，就逃脱不开。

再次是持久。精神之爱可以历久弥新，像一座活火山，一直沸腾，炽热。具体的现实之爱总是保持不了太长时间，从激情转变为柔情，从火转变为水，从非凡转变为常态。可是精神之爱却不必经历这个转变，只要人愿意，它就可以一直保持下去，保持终生。

综上所述，精神之爱其实是最可宝贵的，也是沉闷人生的一朵奇葩。万一你能碰到这样的美好，千万不要错过。这是一种可以享用终身的财富，这是一个非常罕见的幸运。

纯粹的精神之爱

纯粹的精神之爱是可能的吗？的确是可能的。它完全在想象之中，完全在精神领域，完全在灵魂之间，完全抽象。

其实，爱原本就是人的一种感觉，是在人的内心发生的一种浓烈的情愫，虽然有肉体的诱因，但是它基本上是一种精神活动。当现实中完全没有可能实现时，它退回到精神领域，成为一种灵魂的对话，或者心灵的游戏。当事人会感到它是一个超级好玩的游戏，充满了高尚的情愫和纯洁的激情。

世上很少有人能够玩这种游戏。原因有二：一、大多数激情之爱都是可以实现的，所以变成了现实中的游戏，物质的游戏，肉身的游戏；二、没有实现可能的激情之爱大都变成了玩火，一个充满了火药味的炸弹，一遇到现实的捻子就会爆炸，造成现实的伤害，比如毁灭婚姻，伤害家庭。因此，它只能是少之又少的人能玩得起的游戏。如果说浪漫激情的发生本已是低概率事件，精神游戏就更是凤毛麟角。

然而，这个游戏是多么好玩啊。没有玩过的人无缘感受其中的乐趣，只能在梦中体验。

它最好玩之处在于没有界限。现实中的游戏有很多拘束是无法超越的，比如养家活口的责任，人际关系的规则，吃喝拉撒，柴米油盐，处处掣肘，步步受限。更不必说美丑妍媸、年龄性别这些肉体因素的限制。而精神之爱却可以超脱于所有这些现实的界限，因为它最终不过是人的一种精神活动而已。

它的好玩之处还在于强烈程度。在现实当中，事情一定有度，超过了这个度好事就变坏事，性亦如此，所以中国古代性文化特别强调节制，古希腊性文化当中，节制也是美德，而且把它视为保护自身的措施。就连口味最重的受虐狂也只能承受某种程度的虐待，超过了就造成伤害。而精神游戏却可以随心所欲，想强则强，想弱则弱，想有多强烈就可以有多强烈。就像一个受虐狂，在现实中绝对不能忍受皮肤破裂程度的疼痛，但是在精神游戏中却可以泰然承受。

此外，它的好玩之处在于纯粹。不是说现实的、肉体的游戏就不纯粹了，只是它必定伴随着许多琐碎的事情，人性中不可避免的污浊和不完美。记得《欲望都市》中那个女专栏作家跟女友透露，她有一次在床上放屁了，她很尴尬，她知道男友一定也很尴尬。在精神游戏中就可以完全回避这些人身或人性中的缺点，只把自身最美好的东西呈现给对方，与对方分享，所以精神游戏比物质游戏更加纯粹。

如果此生有幸能够遇到这样好玩的人，这样好玩的游戏，一定要好好玩，玩得越久越好。

爱是最美好的生存状态

　　人生在世，最美好的生存状态是沉浸在爱之中。因为吃喝拉撒只是简单的生理活动，毫无美感可言，有些甚至是丑陋的。绝大多数的劳作不过是为了谋生，也毫无美感可言。当然，创造性的劳作除外，它可以为人带来愉悦和美感。这样找来找去，只剩下爱，只有爱是人最美好、最纯净、最有趣的生存状态。

　　最可怜的人是从来不知道爱的存在的人。他们像小动物一样懵懵懂懂度过一生，只是一个生物性的存在、肉体的存在，而不是一个精神的存在。他们也没有精神上的需求，没有对爱的需求和渴望，因为他们不知道爱是个什么东西，不知道它的美好和能够给人带来的愉悦和幸福感觉。

第二可怜的人是不会爱的人。他们知道爱是美好的，是值得追求的，但是他们没有爱的能力，不知怎样才能去爱一个人，去得到一个人的爱。可能的原因是灵魂缺少营养。出于生长环境和自身修养的原因，他们的灵魂干瘪、迟钝，对美好的事物缺乏感知能力和渴望。在他们眼中，世界是窄窄的一条通道，一切都可遇而不可求，自己只能在人生道路上踽踽独行，郁郁而终，终生无缘于爱的欢乐和美好。

稍好些的人知道爱的美好，也向往爱，但是找不到那个能激发他的激情的人。因为世上的人虽如恒河沙数，但是值得爱的人并不多。不是长相丑陋，就是呆头呆脑。即使长相不出众，只是平平常常（多数人都属于这一档次），也要有点儿能激发人的激情之爱的素质，比如性格可爱啊，聪明幽默啊，才华出众啊。可是有很多人就是如此不幸运，他终身遇不上这样的人，也就无缘享受爱的美好。

比较幸运的人既懂得爱，渴望爱，也遇到了可以激发他的激情的人，只可惜，他／她爱上了她／他，她／他却不爱他／她，于是这个人陷入了单恋的尴尬境地。单恋是非常痛苦的，这一点毋庸置疑，但是比起没有爱的生活，它还是快乐的。对一个人发生了激情之爱但是得不到对方的爱，尽管无比尴尬，羞辱备尝，但却是一个喜忧参半、苦中有甜的状况。喜和甜全部来自浪漫激情之爱本身的美好感觉。即使没有得到回应，还是可以沉浸在对对方爱恋的感觉之中。有时，由于爱恋的对象可望而不可即，反而使爱本身更加充满激情，更显诗情画意。

最幸运的人当然是既爱上一个人又得到了这个人的爱的人。由于如许的美好发生的概率并不太大，所以被所有的文学艺术一再讴歌，不但成为人们艳羡的对象，而且成为文学艺术永恒的主题。

隐秘的爱情

当爱情处于隐秘状态，它是纯粹的。除了内心的一种感觉，它什么也不是。它没有任何其他的动因，仅仅是一种内心的激情。

当爱情处于隐秘状态，它是痛苦的。由于完全无望实现，也无法得到真正的回应，它的味道是苦多于甜的。它浸泡在泪水之中。

当爱情处于隐秘状态，它是执着的。目标永远在远处，处于朦胧月色之中，若隐若现，似有似无，于是构成一个永远无法达到的目标。

当爱情处于隐秘状态，它是超脱的。由于与现实完全脱节，所以可以不造成任何伤害，从而不受惩罚。

当爱情处于隐秘状态，它是自由的。它可以不受所有现实因素的限制，无论是身体条件（美丑、年龄、性别）的限制，还是社会规则（贫富、权力、名望）的限制，自由自在，随心所欲。

当爱情处于隐秘状态，它是完美的。它经得起最严苛最变态的完美主义者的挑剔，可以变得毫无瑕疵，像一块美玉，像一汪清泉，像一团烈火。与自然的美景一样，它是人为的最完美的艺术品。

爱情的功能

爱情能够使生活变得有趣，像两个孩子玩一个玩不厌的游戏；爱情能够使生命变得纯粹，超脱于世俗的平庸琐碎。

世间最有趣的游戏是恋爱。经过了几十年的生活，做过了很多很多事情之后，发现最有意思的事情还是恋爱。其他事也有趣，比如写小说，但是还是比不过恋爱，因为写作只需独处即可，恋爱却牵涉另一个灵魂；写作可以预期一切，可以随意更改一切，恋爱却不可预期。

当人爱上某个人时，他会突然从一个极为缺乏创意的人变成一个创意无穷的人，各种刁钻古怪的主意层出不穷，在脑子里像兔子一样繁殖。

当人爱上某个人时，他会从一个无精打采的人变成一个兴致勃勃的人，整个人变得无比亢奋，生机盎然。

当人爱上某个人时，他会从一个平庸琐碎的人变成一个超凡脱俗的人，他仿佛从平庸的日常生活中腾空而起，在蔚蓝的天空自由飞翔。

当人爱上某个人时，他会摆脱各种卑下污浊的念头，他的灵魂受到洗涤，变得纯粹，明朗，愉悦。这是一个精神纯化的过程。

如果有运气遭遇爱情，一定要好好体验。可以终生做一个孩子，终身做游戏，乐不思蜀。

真爱是症状吗

有一次我跟一位心理学家同台演讲，主题是恋爱与婚姻，他从心理学角度讲，我从社会学角度讲，结果在真爱这个题目上发生了争论。他的一句话把我吓了一跳，他说："那个发明真爱这一概念的人应当罚款 100 块。"此话怎讲？他讲出了一番道理："心理学认为，人们追求所谓真爱，其实是在追求全能母爱，是儿童心理发展过程中的口唇期固置（0—1 岁）。处于那个心理发展阶段的婴儿要求一个完美的母亲，要求全部的关注，完美的照料。"

真爱所要求于对方的也是这样一个完美的注视，完美的照料，必须心无旁骛，必须全神贯注。而在现实当中，完美的对象是不存在的，完美的关注也是不存在的。这就是他不喜欢真爱这一概念的原因。这个道理听上去不仅仅是有点道理，而且是振聋发聩。

在现实中，这样的事例并不少见。例如，有一位女士在网上的问答栏目向我提问，她在描述自己遇到的问题时说，她觉得她目前的男友不够理想，没有做到"满眼都是我"，而这个"满眼都是我"不就是在要求完美的关注吗？可是在真实的世界中，哪有一个人对另一个人能够做到完美的关注呢？

即使是坠入情网的人也做不到除了所爱之人其他一切事物全都不去关注，而只要他稍一分心，那就不再是完美的关注了。现实中的完美关注是可能的吗？如果我们将真爱定义为完美关注，那强求真爱还就真的变成一种心理障碍的目标了。退一步说，即使算不上心理障碍，那也要算心理不成熟的表现。如果这一立论能够成立，那对所有苦苦追求真爱而不可得的人是多么大的解脱啊。好多人就是因为找不到这样的真爱而无法建立和享受亲密关系，无法恋爱，无法结婚，有极端者竟然能够一辈子寻寻觅觅，徘徊在婚姻的大门之外，因为他们没有等到真爱。

然而，如果真爱并不存在，我们如何解释所有文学艺术都在讴歌的爱情呢？难道爱情仅仅是人们虚构出来的东西，仅仅存在于想象之中吗？我想，爱情这种现象肯定是存在的，并非虚构之物，只不过它并不是完美的关注，而是一种两情相悦的情愫。如果两个人之间产生了这种两情相悦的吸引和感觉，它就是我们惯常所说的爱情了。

社会学调查显示，夫妻中能够感觉到"我非常爱配偶、配偶非常爱我、我们感情非常好"的能够达到半数，他们感觉到的情感就可以被称为爱情或真爱，即使他们并不是一见钟情，他们之间并没有发生那种令人神魂颠倒的如醉如痴的激情之爱，他们的情感关系也并没有达到完美关注的程度。

恋爱游戏

如果能够把恋爱当作一场游戏，心就不必纠结，不必焦虑，而可以踏踏实实，随心所欲。

恋爱本是世间最有趣之事，但是它会遭遇很多障碍，比如现实中人际关系的障碍，地域的阻隔以及身体条件的障碍。唯有精神恋爱可以克服这些障碍，自由奔放。

恋爱如果是现实的，那么它自然而然地希冀长相厮守，一对一的关系，婚姻家庭，生儿育女。哪有那么巧，你爱上的那人，正好是可以跟你结婚的，生孩子的？他也许早就跟别人结了婚，生了孩子。于是，恋爱受阻。但是，只要从现实人际关系中抽离，仅仅保留精神的部分，那就障碍全无，仅仅是一个两人的精神游戏而已。它可以拥有恋爱的深度、烈度、浓度，同时又是完全自由的。

恋爱如果是现实的，那么它就受不了空间的阻隔，应当天天黏在一起，有的国家规定，只要夫妻三个月不在一起，就可以视为婚姻自动终止，就是这个道理。但是，只要将爱情从现实中抽离，哪怕隔着半个地球，照样可以相爱。

恋爱如果是现实的，那么就要受到身体条件的约束：年龄，性别，美丑，全都碰对的概率是多么小啊。但是，只要将爱情从肉身抽离，就可以尽情尽兴，自由自在。精神是什么啊，精神只不过是人心头的一阵风而已。可以是徐徐的微风，也可以是狂风暴雨，完完全全随心所欲。

愿终身沉浸在恋爱游戏之中。精神恋爱万岁。

爱是双刃剑

激情之爱是一柄双刃剑，它是世间最美好的东西，又是最疯狂的东西。由于其激烈而美好；由于其激烈而残暴；由于其非理性而超凡脱俗；又由于其非理性而具有破坏力和杀伤力。

看了《谢利》，感觉惊悚。影片描述一个年轻的花花公子与一个比他年长的交际花发生了爱情，前者无法再回归正常生活，最终饮弹身亡。爱情不是美好的吗，怎么酿成如此惨烈的结果？在引发这种事情之后，爱还是美好的吗？

爱情最吊诡的一点是，它属于非理性范畴，是人性中非理性因素的一次或大或小的爆发。在爱情发生时，一切理性因素全都远远规避，违反现实的规范，违反世俗的观念，金钱权力社会地位全都不在考虑之列，就连根据身体特征建构起来的行为规范，如年龄规范、性别规范、美丑妍媸之类全都被抛到一边。它像极了一股汹涌的水流，无坚不摧，一旦受阻，会变得狂暴，有杀伤力，就像影片中那种激烈的后果。虽然理性知道这是不好的，但是爱情恰恰是非理性的，劝爱情变理性就像劝非理性变理性，而一旦爱能变得理性，它也就不再是爱了，这是一个自相矛盾的劝告，所以很难奏效。少年维特不是最终也自杀了吗？他的烦恼要怎样规劝才能奏效呢？

既然爱情有时会变成如此凶险的一件事，人还要不要陷入爱情呢？陷入爱情有着无与伦比的美好感觉，所以人总想陷入爱情，有的人为了等待爱情，宁愿终身不婚，错过了许多虽无激情之爱但却可以过一种普通温馨生活的机会。可是爱情一旦受挫又会变得那么有杀伤力，为了规避顾城式的凶险，人们又对爱情望而却步。最糟糕的是，当爱情发生时，人已经丧失了理性选择的能力，所以爱不是陷不陷进去的问题，甚至都不是走不走出来的问题。陷进去是身不由己的，非理性的；走出来往往也是身不由己的，因为人处于非理性状态。

怎样才能只经历爱情的美好而规避其凶险呢？我想唯一的出路是在有可能时，把爱变成具体的；在无可能时，把爱变成抽象的，也就是纯精神的。在爱变成纯精神的之后，就没有了杀伤力，可以只剩下美好的感觉。

小爱与大爱

尼采在某处将自己的著作比作一个深潭，人们只要把桶放下去，打捞起来的就是黄金和珍宝。他这个比喻并不夸张，还真是这么回事。

比如尼采说，以大爱而爱，以大蔑视而爱。

大爱就不是小爱。它与小爱的区别当是宏观与微观之别。爱一个具体的人是小爱，爱抽象的人类是大爱；爱一个单个的人是小爱，爱一个群体的人是大爱，比如爱一个社会，爱一个国家。此外，爱的对象也许不是人，而是某种事物，比如爱生命、爱世界。尼采虽然赞赏叔本华，但是并不完全赞成他的思想，例如，叔本华是悲观主义的，尼采却是乐观主义的。尼采爱人生，不喜欢"一切皆空"的说法，指其太过消极悲观。

大蔑视更是一种大气魄。如果人从宏观的角度看世界，看世事，看人群，看人生，则不能不蔑视，因为它们全都如此渺小，无足轻重。我理解，这种蔑视并不是看不起，并不是轻蔑，而是一种悲悯。悲悯人类生活得可怜，猥琐，压抑，不自由，不超脱。仅仅是活在必然的状态，无法进入自由的境界。说到底，大多数人只是活在必然之中，从出生到死亡，只是像陀螺一样，被一种无形的力量拨一拨，动一动，从来没有享受过自由的存在，精神的飞翔。

尼采的大爱之爱、大蔑视之爱，才是值得追求的人生高境界。

一般来说，每个人的情感和关注只能给予身边的少数人、熟人。能把情感和关注给予很多人和陌生人的是理想主义者，是比较高尚的人。一般人只有小爱，理想主义者的爱是大爱。

特蕾莎修女的爱是大爱，她终身从事慈善事业，帮助那些穷人，那些处于困境的人。

雷锋的爱是大爱，他给陌生的灾民寄钱，帮助他们。虽然他寄的钱比起李嘉诚、邵逸夫寄的在绝对数目上差得远，但是相对于自己财产的比例却比后者大得多。从大爱的角度看，跟后者是一样的。

袁隆平的爱是大爱，他花费自己的生命，培育出高产的稻子，为许多陌生人果腹，使他们的生活质量提高。

曼德拉的爱是大爱，他宽恕了那些折磨过、迫害过他的人，他的爱是那么广博，甚至包括了他曾经的敌人。他的爱弥合了整个社会人与人之间的隔阂。

秋瑾的爱是大爱，她为了中国妇女的解放，为了中华民族的进步，在风雨如晦的日子献出年轻的生命。

林昭的爱是大爱，她为了民主和自由，挺身而出，为坚持真理，不惜献出宝贵的生命。

有的人心怀天下，关注宇宙苍生；有的人心胸狭窄，只顾身边琐事。前者比后者快乐，因为不会被身边琐事烦扰；前者比后者浪漫，因为后者只有现实主义；前者比后者高尚，因为他们有理想主义。

爱情是病吗

近读多丽丝·莱辛（诺贝尔文学奖得主）《天黑前的夏天》，小说写的是一位 45 岁的典型的中产阶级家庭主妇凯特遭遇中年危机，对自己的一生全面质疑。在经历了完美的爱情、婚姻、生养了四个孩子的标准家庭主妇生涯之后，她对自己的人生产生了深刻的怀疑，尝试了家外工作和不成功的婚外恋情以及离家单独居住，思索自己的人生境况，可是，她最终还是选择了回归家庭。她有个邻居玛丽，跟她虽然是形影不离的好友，生活姿态却完全不同。她并不像凯特那样在乎丈夫子女，总是打扮得很入时，情人不断线。她从来不知道爱情为何物，婚后不久即与第三人发生婚外性关系，仅仅因为喜欢性。丈夫开始受不了她，离了婚，后复婚，最终就那么接纳了她。

小说中对爱情的质疑很有意思。凯特有这样的沉思和独白："爱情、责任、恋爱，还有失恋、有爱心、举止得体、懂规矩，这些是病。是的，有时我觉得所有这些都是病。""这很可能就是未来的性观念，浪漫爱情、渴望想念、绝望情绪全被放逐到精神失常的过去。"

小说提出的一个重要判断是：浪漫爱情将进入过去式，它不仅是一件过时陈旧的事情，而且是精神失常的表现。这是未来人们的看法吗？这是残酷的事实吗？

凯特和玛丽，两个女人代表两种观念，两种人生追求。前者是以爱为性，性爱结合；后者是以性为爱，有性无爱。前者一向受到讴歌，后者一向遭遇批判。但是从小说塑造的玛丽这一形象来看，虽然笔墨不多，倒也真实可信。看来完全不懂爱情、不要爱情，只有性关系、婚姻关系、亲子关系的人生，也不是完全不可能，也不一定就是很糟糕、很不幸的生活模式。在现实生活当中，浪漫爱情的发生率并不很高，大多数人过的就是玛丽这样的人生，难道就毫无价值或者必须受到贬低吗？如果我们不看文学艺术作品，只看芸芸众生的现实生活，就不得不承认，很多人的人生都是只有性没有爱的。如果我们把爱定义为一种迷恋的激情，那么即使在那些发生了爱情的关系中，爱情也持续不了多长时间，会转变为既非迷恋也不激烈的柔和的亲情和友情。

那么，爱情究竟是什么呢？它是真实存在的吗？它真的如小说主人公所说的只是一种病态，是精神失常的表现吗？

首先，我认为世上的确存在着被叫作爱情的这样一种迷恋的激情。它不仅存在于小说和影视作品当中，也确确实实在现实的凡夫俗子的生命之中发生过。在我对中国女性的情感和性的一项调查当中，发现了很多实例，当事人爱得神魂颠倒，死去活来，甚至有为爱自杀未遂的事例。在同性恋研究中也发现了类似的爱情故事，除了爱情对象的性别与前一项研究不同，其他毫无二致。

其次，爱情的确不是常态，而是一种比较罕见的现象，但是我不愿称它为病态或者精神失常。当人陷入迷恋的激情时，他的确偏离了清明冷静的理智，他会美化对象，使爱的对象蒙上一层夸张的薄雾，自身也陷入一种微醺的状态，陶醉其中。当爱情遭到阻碍或拒绝时，其丧失理智的程度更加凸显，人的情绪失控，陷入疯狂的痛苦之中。旁观者冷眼看来，的确相当夸张、疯狂，就像精神失常。但是这种激情确确实实发生在并无精神病史的普通人当中。

最后，激情不会延续很长时间，会在关系延续了一段时间之后转化为柔情，就像熊熊的烈火转化为涓涓的小溪，爱情转化为亲情和友情。当然，有极少数人能够在一生中常常处在爱情之中，但是只要爱情的定义是迷恋的激情，这个人的爱情对象绝对不会始终是一个人，而是一系列不同的人，在极端情况下，也许会出现同时爱两个人的境况，无论如何，就是不会从一而终，因为对一个人可以有持续很长时间的激情，但是迷恋无论如何不会始终集中在一个人身上，只要理智恢复，就不会再沉迷，除非始终没有得到回应，那就是单恋了，也可以叫苦恋。如果一直得不到回应，爱情的喜剧会最终演化为悲剧，就像少年维特的结局。

　　总之，爱情是人世间稀有的、宝贵的、最富于戏剧性的经验，它不应当被视为病，但是它也绝非人生存的常态。

论欲望

　　人的成功与否固然有机遇的因素，但更多还是决定于自身。而对于自身来说，才能之类的因素又比不上意志和欲望，你有什么样的欲望，就会成为什么样的人。你所拥有的就是你想要的。所以，马斯洛说，生命最高的需求是自我实现。

　　人一出生，周边的环境就是广义的机遇。有的人生在富贵之家，有的人生在贫街陋巷。有的人衣来伸手，饭来张口；有的人缺衣少食、捉襟见肘。有的人生存的环境美好精致，有的人挣扎在粗粝艰辛的深渊。有的人周边全是关爱和温暖，有的人小小年纪就要体验冷漠和残酷。

一般来说，机遇较好的人成功率较高，但是也不尽然，有太多例外。有很多成功人士出身贫寒，机遇比一般人还不如。而艰辛的环境有时反而激发了他们改变命运的欲望，这欲望强烈到使这些人变得出类拔萃，比如杰克·伦敦，比如莫言，比如王小波，儿时的粗粝生存环境反而成就了他们的文学。许多巨富也是从一文不名做起来的，就是因为有那个心劲儿，有远远超过常人的欲望（desire）或意志（will）。

有个初看匪夷所思的判断：就连才能都部分地源自欲望。才能这个东西虽然有很多先天的成分，就像美丑智愚，但是我相信，还有很大的一个比重来自欲望。当人对某事欲望强烈时，就会把许多心思和精力放在这事上面，于是这方面的才能就会积聚成形。人的兴奋点在哪里，他生命的重心就在哪里，他就会拥有哪方面的才能。兴奋点在美味，生命的重心就在吃，就会去琢磨与美味有关的一切，就会去学烹饪的技能，也许就成为一位优秀的厨师，或者是专业美食品尝鉴赏家。兴奋点在美色，生命的重心就在性，就会去琢磨和追求与美有关的一切，去欣赏美、享用美，在欲望受挫时，还有可能升华至文学艺术创作，成为艺术家和文学家。兴奋点在爱，生命的重心就在情感生活，就会去琢磨和追求与爱有关的一切，成为一位伟大的情人，拥有美好的情感生活，终生浸淫在亲情、友情和爱情之中，或者成为特蕾莎修女那样伟大的慈善家，而她的爱已经是博爱。

人的欲望越强烈，成功的概率就越大，生命就越精彩。欲望低下，生命就平淡，无精打采，味同嚼蜡；欲望强烈，生命就激烈，兴致勃勃，兴高采烈。欲望这个东西，感觉上先天的成分很重，当然，后天的培养和追求也会有些作用，但是人生命的底色是不会改变的，是浓墨重写，还是轻描淡写，是浓烈的史诗画，还是清淡的山水画，那基调是终生不会改变的。

要激情还是要平静

在世上要做成一件事，没有激情是不行的，大到江山社稷，中有个人事业和爱情，小到打麻将赢钱，无一例外。没有激情不会得江山，不会事业成功，不会陷入恋爱，不会赢钱。所以，越有激情的人越容易成功，越容易有成就；越有激情的人生命越激越，越精彩纷呈，越苦乐交集，越生机勃勃。

然而，所有的宗教修行和世俗修炼都强调要摈弃激情，要向着心情平静的境界努力，最终目标是达到心如止水，波澜不惊，甚至水面泛起一点儿涟漪都要算没有修行到家。

人到底应当要激情还是要平静？该如何解决这对矛

盾呢？

古罗马智者皇帝奥勒留是贬低激情的，他认为，激情是平静的对立物，如果人总是陷在激情里面，就不可能有平静的心情。他总是在讲古人和身边的熟人一个个最终归于寂灭，所有的激情也是一样的。因此，能够获得宁静是至关重要的。宁静是幸福的基础。

奥勒留的观点是有道理的，是深刻的。凡是想透了生命价值这件事的人都会最终想明白，生命是无意义的，就像大自然中的所有动物、植物、有机物、无机物一样，它的存在仅仅就是存在而已，对于宇宙并无意义。因此，所有的激情都带着一点点可笑的成分，比如说爱得死去活来在当事人看是没有办法的事，在旁人看就像歇斯底里。爱是激情中的激情，所以是激情最经典的表现方式。对其他事情人也会产生激情，但是都比不上陷入爱情。而我们如果跳出来从旁冷静观察一桩爱情，把它放在时间的长河中和浩瀚的宇宙中，就会发觉其中的疯狂之处。它完全是理性的迷失，是一种微醺的醉酒状态。如果恋爱是成功的还好，如果是失败的，它对人是极大的折磨和困扰。因此可以说，激情是人生的困扰。应当在适当的时候放弃激情。

但是，从相反的角度看，激情虽然不是什么好得不得了的东西，常常为我们带来困扰，而且在造物主眼中有点儿可笑，但是，它却是生命力的表现，一个比较强悍的生命会有比较多的激情，一个比较孱弱的生命激情就比较少。当然，不可以说生命力强就一定比生命力弱要好，不是好坏的问题，而仅仅是一个客观事实而已。对于自己的生命力，我的意见是让它充分表达，充分实现。如果你有创造的激情就去写小说，去作曲，去画画，去做爱，去创造新生命，不必刻意压制；如果你有追求一种关系的激情就去恋爱，去交朋友，也不必刻意压制。所以对待激情应当就像对待自己的生命力，有什么冲动就去做什么，冲动到什么程度就做到什么程度，既不强求，逼着自己去做什么；也不压抑，逼着自己不去做什么。这样的结果就应当是最好的，最合理的。

在我们秉持着内心的激情去生活、去做事的时候，只要不时想一下在做的事情是不是自己发自内心的冲动、能否为自己带来快乐和满足的感觉就可以了。如果答案是否定的，就不去做。而且要预先想到，早晚有一天这种内心的冲动会离去，会消失，到那时候，我们的生命也就即将离去，将走上不归路，将在浩瀚的宇宙中化为无形。在内心的激情自然消失之时，我们也自然到达了人生的最高境界，即平静和安宁的境界。而最终的平静和安宁境界就是涅槃。

爱情与自由

    人陷入爱情就陷入了一种心有所属的状态，即丧失了自由。当然，这是一种对自由自愿的放弃、甜蜜的放弃，人自愿成为爱的囚徒。当裴多菲说"生命诚可贵，爱情价更高，若为自由故，二者皆可抛"之时，他所谓自由应当是针对专制独裁意义上的自由，但是在这里不妨借用一下：要爱情，还是要自由？

    要爱情当然有道理，爱情给人美好的人生体验，一个人对另一个人的迷恋和深情厚谊是人世间最美丽的花朵，最美好的人际关系，最纯粹的存在感觉。我们甚至可以像笛卡儿说"我思故我在"那样说"我爱故我在"。对于笛卡儿的说法，如果不了解其哲学背景，会觉得不知所云，或者说不知其所以云：为什么人之思考能证明人的存在呢？难道不思考的人就不存在吗？这一说法背后的哲学论争是唯物论和唯心论的繁复讨论：怎样证明物和人是存在的而不是感官的虚构？笛卡儿的"我思故我在"可以理解为：如果我不存在，那么我的思想是哪里来的？同理，陷入恋爱中的人可以说：由于我在爱，所以我是存在的。我爱故我在。

要自由的理由更加充分，因为自由是一个独立强大的灵魂必须具备的品质。如果生而不能自由自在，随心所欲，那么人不会真正快乐，除非你的爱完全出自自身的需求并且从中感受到快乐。听上去像一个悖论：爱是放弃自由，因此不会快乐；但是出自自由意愿的爱却可以接受，因为它是快乐的。在这里，标准是快乐：如果爱变成了一种责任、一种义务，或者没有得到回应，它就不再为人带来快乐，只带来痛苦和囚禁。在这种情况下，就是放弃爱回归自由的时刻了。

要放弃爱，谈何容易？人愿意沉溺在爱的感觉之中，即使这种感觉已经变成一种虚幻或单向的感觉，人仍不愿放弃。因为爱情的感觉在人平淡的生活中太过美好，太过奇异，就像一种天堂才有世间所无的甘甜果实，一尝之下，人就再也不愿放弃，哪怕为它牺牲自由甚至粉身碎骨都在所不辞。在爱的时候人会忘记，每个人在这个世界上都是绝对孤独的，所有的人际关系都不过是对这一残酷事实的可怜巴巴的遮掩罢了。人孤零零地来到人世，然后孤零零地离去。虽然听上去很惨，但是没的选择。表面上看，人生在一大堆人中间，活在一大堆人中间，死时身边也围着一大堆人，但是难道人的灵魂不是孤零零地在人世间飘荡吗？死后如果有灵魂，它会继续孤零零地在空中飘荡；如果没有灵魂，那就是彻底地消失，像从未存在过一样。人如果不能或不敢正视这个惨淡的事实，他就不是一个清醒的人，他就只能是一具懵懵懂懂的行尸走肉。

在面临爱情和自由二择一的局面时，我选择自由，不选择爱情。原则是快乐：当爱情带来快乐时，我当自由地选择爱情；当爱情不再为我带来快乐时，我当选择自由。

关于爱情，10个知识点总结

人生在世，只要渴望爱情，你碰上真爱的机会就还在。我希望每一个人都能够在自己的生命中遭遇爱情，能够与自己所爱的人结合，建立一个幸福美满的亲密关系。

01 关于爱情

一桩爱情关系的成分也不一定是单纯的。

由于人性的复杂，由于现实条件的差异，爱情有时掺杂亲情，有时掺杂友情，有时竟会是爱情、友情、亲情三情杂糅。在此种情况下，无所谓爱情的分类，已经是无法归类的一种关系，一种情愫。

02 爱的定义

爱情是一个人内心中的风暴，它如果没有让对方知晓，那就是暗恋；如果让对方知晓而没有得到回应，那就是单恋；既让对方知晓又得到了回应，那就是恋爱。

爱情并不一定导致现实中的伴侣关系、婚姻、生育和家庭，它完全可以独立于这些关系而存在。

爱情有两个元素：一个是美，浪漫之美；另一个就是蠢，懵懂迷茫。即使明知爱情是愚蠢的，可人们还是飞蛾扑火般地投入爱情，就是因为它的美。

03 有错误的爱情吗

爱情不管发生在什么人之间，不管是什么年龄、什么社会阶层，可能对于婚姻来说，它是错误的，但是对于爱情来说没有什么不该的，爱情就是这样盲目的，这么非理性的。

04 要不要追求爱

总是抱着对爱情的渴望；学会去爱一个人；随时准备陷入爱情；必要时不惜主动追求。

05 要不要结婚

如果你很想结婚，那就不一定非要等到爱情不可，跟一个仅仅是肉体上的朋友或者精神上的朋友结婚也无不可。如果你并不是很想结婚，而且一定要等待爱情，那你内心要足够强大，要做好终身独身的准备。

06 婚姻爱情，是女人必不可少的元素吗

在女人的幸福元素中，爱情是必不可少的，但婚姻却不是必不可少的。虽然有些女人没有享受到爱情，也能从

自己所热爱的事业中获得幸福，但是爱情却是人生中能够给人带来最多幸福感的事情。婚姻却不一定。很多得到婚姻的女人并未得到爱情，而很多单身女人也有机会获得爱情。

07 关于忠诚

两个建立了亲密关系的人可以约定他们自己的忠诚定义。

有的伴侣可以允许身体出轨、精神出轨，或者身体和精神双重出轨。但是如果没有约好，自己偷偷出轨，那就要算不忠诚了。

08 什么是灵魂伴侣

灵魂是没有性别的，所以灵魂伴侣不一定是异性。

灵魂伴侣只有精神关系，没有肉体关系，而恋人既有精神关系，也有肉体关系。

想要找到灵魂伴侣，首先你得有个灵魂，其次要有爱的能力，最后要有运气。

09 男女性别刻板印象

所谓男性气质、女性气质的定义一直处在变动之中。例如在欧洲中世纪，女人不穿裙子穿长裤就丧失了女性气质，而当代女性个个都穿长裤。由此可以看出，性别气质的刻板印象没有什么道理，而且往往成为对人的个性的压抑。我认为，每个人的个性自由发展，想长成什么样就长成什么样，完全随心所欲，这是当代性别气质规范的发展趋势。

10 爱与性可以分开吗

我不认为与爱分开的性就绝对错误、绝对不好。

人的情欲在过去受到了太多的否定和压抑，必须为它找到许多正当的理由，比如说，为了生育，为了爱情等，其实就为了情欲本身的目的，也完全正当。

爱情回味

与小波的爱实在是上天送给我的瑰宝，回忆中全是惊喜、甜蜜，小波的早逝更诗化了这段生命历程，使它深深沉淀在我的生命之中，幸福感难以言传。

最初听说他的名字是因为一部当时在朋友圈子里流传的手抄本小说《绿毛水怪》。虽然不但是"水怪"，还长着"绿毛"，初看之下有心理不适，但是小说中显现出来的小波的美好灵魂对我的灵魂产生了极大的吸引力。当然，有些细节上的巧合：当时，我刚刚看完陀思妥耶夫斯基的一本不大出名的小说《涅朵奇卡·涅茨瓦诺娃》，这本书中的什么地方拨动了我的心弦。作品中的主要人物都是一些幻想者，他们的幻想碰到了冷酷、腐朽、污浊的现实，与现实发生了激烈的冲突，最后只能以悲惨的结局告终。作品带有作者神经质的特点，有些地方感情过于强烈，到了令人难以忍受的程度。书中所写的涅朵奇卡与卡加郡主的爱情给人印象极为深刻，记得有二人接吻把嘴唇吻肿的情节。由于小波在《绿毛水怪》中所写的对这本书的感觉与我的感觉惊人地相似，产生强烈共鸣，使我们发现了心灵的相通之处，自此对他有了"心有灵犀"的感觉。

第一次见到他是跟一个朋友去找他爸请教学问方面的问题。我当时已经留了个心，要看看这个王小波是何方神圣。一看之下，觉得他长得真是够难看的，心中暗暗有点失望。后来，刚谈恋爱时，有一次，我提出来分手，就是因为觉得他长得难看，尤其是跟我的初恋相比，那差得不是一点半点。那次把小波气了个半死，写来一封非常刻毒的信，气急败坏，记得信的开头列了一大堆酒名，说，你从这信纸上一定能闻到二锅头、五粮液、竹叶青……的味道，何以解忧，唯有杜康。后来，他说了一句话，把我给气乐了，他说：你也不是就那么好看呀。心结打开了，我们又接着好下去了。小波在一封信中还找了后账，他说：建议以后男女谈恋爱都戴墨镜前往，取其防止长相成为障碍之意。

小波这个人，浪漫到骨子里，所以他才能对所有的世俗所谓的"条件"不屑一顾，直截了当凭感觉追求我。当时，按世俗眼光评价，我们俩根本不可能走到一起：我大学毕业在《光明日报》当编辑，他在一个全都是老大妈和残疾人的街道工厂当工人；我的父母已经"解放"恢复工作，他的父亲还没平反；我当时已经因为发表了一篇被全国各大报转载的关于民主法制的文章而小有名气，而他还没发表过任何东西，默默无闻。

我们第一次单独见面，他就问我有没有朋友，我那时候刚跟初恋情人分手不久，就如实相告。他接下去一句话几乎吓我一跳，他说：你看我怎么样？这才是我们第一次单独见面呀。他这句话既透着点无赖气息，又显示出无比的自信和纯真，令我立即对他刮目相看。

后来，小波发起情书攻势，在我到南方出差的时候，用一个大本子给我写了很多未发出去的信。就是后来收入情书集中的"最初的呼唤"。由于他在人民大学念书，我在国务院研究室上班，一周只能见一次，所以他想出主意，把对我的思念写在一个五线谱本子上，而我的回信就写在空白处。这件逸事后来竟成恋爱经典。有次我无意中看到一个相声，那相声演员说：过去有个作家把情书写在了五线谱上……这就是我们的故事啊。

我们很快陷入热恋。记得那时家住城西，常去颐和园。昆明湖西岸有一个隐蔽的去处，是一个荒凉的小岛，岛上草木葱茏，绿荫蔽天。我们在小山坡上尽情游戏，流连忘返。这个小岛被我们命名为"快乐岛"。可惜后来岛上建了高级住宅，被封闭起来，不再允许游人进入。

从相恋到结婚有两年时间。因为小波是78级在校大学生，我们的婚礼是秘密举行的。那是1980年，他是带薪学生，与原工作单位的关系没有断绝，所以能够开出结婚证明来。即使这样，我还是找了一位在办事处工作的老朋友帮助办的手续，免得节外生枝。我们的婚礼就是两家人一起在王府井的烤鸭店吃了顿饭，也就十个人，连两家的兄弟姐妹都没去全。还有就是他们班的七八个同学秘密到我家聚了一次。还记得他们集体买了个结婚礼物，是一个立式的衣架，由骑自行车的高手一手扶把一手提着那个衣架运来我家。那个时代的人们一点也不看重物质，大家的关系单纯得很。

在小波过世之后，我有一天翻检旧物，忽然翻出一个本子上小波给我写的未发出的信，是对我担心他心有旁骛的回应："……至于你呢，你给我一种最好的感觉，仿佛是对我的山呼海啸的响应，还有一股让人喜欢的傻气……你放心，我和世界上所有的人全搞不到一块，尤其是爱了你以后，对世界上一切女人都没什么好感觉。有时候想，要有个很漂亮的女人让我干，干不干？说真的，不会干。要是胡说八道，干干也成。总之，越认真，就越不想，而我只想认认真真地干，胡干太没意思了。"

在我和小波相恋相依的20年间，我们几乎从来没有吵过架红过脸，感受到的全是甜蜜和温暖，两颗相爱的灵魂相偎相依，一眨眼的工夫竟过了20年。我的生命因为有他的相依相伴而充满了一种柔柔的、浓浓的陶醉感。虽然最初的激情早已转变为柔情，熊熊烈火转变为涓涓细流，但是爱的感觉从未断绝。春蚕到死丝方尽，蜡炬成灰泪始干。

就这样缠缠绵绵 20 年。这样的日子我没有过够，我想一生一世与他缠绵，但是他竟然就那么突然地离我而去，为我留下无尽的孤寂和凄凉。

我们曾经拥有

1988 年，我们面临回国与否的抉择。我们的家庭从 1980 年结婚时起就一直是个两人世界（我们是自愿不育者），所以我们所面临的选择就仅仅是我们两个人今后生活方式的选择，剔除了一切其他因素。

这个选择并不容易，我们反复讨论，权衡利弊，以便做出理性的选择，免得后悔。当时考虑的几个主要方面是：

第一，我是搞社会学研究的，我真正关心和感兴趣的是中国社会，研究起来会有更大的乐趣。美国的社会并不能真正引起我的兴趣，硬要去研究它也不是不可以，但热情就低了许多。小波是写小说的，要用母语，而脱离开他所要描写的社会和文化，必定会有一种拔根的感觉，对写作产生难以预料的负面影响。

第二，我们两人对物质生活质量要求都不太高。如果比较中美的生活质量，美国当然要好得多，但是仅从吃穿住用的质量看，两边相差并不太大，最大的遗憾是文化娱乐方面差别较大。我们在美国有线电视中每晚可以看两个电影，还可以到商店去租大量的录像带，而回国就丧失了这种娱乐。我们只好自我安慰道：娱乐的诱惑少些，可以多做些事，虽然是一种强制性的剥夺，也未尝不是好事。

第三，我们担心在美国要为生计奔忙，回国这个问题可以一劳永逸地解决。如果一个人要花精力在生计上，那就不能保证他一定能做他真正想做的事，也就是说，他就不是一个自由人。在中国，我们的相对社会地位会高于在美国，而最可宝贵的是，我们可以自由地随心所欲地做自己真正想做的事：这对于我来说就是搞社会学研究，对于小波来说就是写小说。除了这两件事，任何其他的工作都难免会为我们带来异化的感觉。

回国已近十年，我们俩从没有后悔当初的选择。除了我们俩合著的《他们的世界——中国男同性恋群落透视》之外，我已经出版了《生育与中国村落文化》《中国女性的感情与性》等七八本专著和译著；小波则经历了他短暂的生命中最丰盛的创作期，他不仅完成了他一生最重要的文学作品时代三部曲（《黄金时代》《白银时代》《青铜时代》），成为唯一一位两次获中国台湾"联合报系中篇小说大奖"的大陆作家，而且写出了大量的杂文随笔，以他独特的思维方式和写作风格在中国文坛上独树一帜。他生前创作的唯一一个电影剧本《东宫·西宫》获得了阿根廷国际电影节的最佳编剧奖，并成为1997年戛纳电影节入围作品，使小波成为在国际电影节上为中国拿到最佳编剧奖的第一人。

回国后最好的感觉当然还是回家的感觉。在美国，国家是人家的国家，文化是人家的文化，喜怒哀乐好像都和自己隔了一层。美国人当"老大"当惯了，对别的民族和别的国家难免兴趣缺缺，有的年轻人竟然能够问出中国大陆面积大还是台湾面积大这样无知的问题。回国后，国家是自己的国家，文化是自己的文化，做起事来有种如鱼得水的感觉。在中国，有些事让人看了欢欣鼓舞，也有些事让人看了着急生气，但是无论是高兴还是着急都是由衷的，像自己的家事一样切近，没有了在国外隔靴搔痒的感觉。尤其是小波近几年在报纸杂志上写的文章，有人看了击节赞赏，有人看了气急败坏，这种反应能给一位作者带来的快乐是难以形容的。

小波是个有大智慧的人。他为之开过专栏的《三联生活周刊》的负责人朱伟先生说，人们还远未认识到小波作品的文化意义。小波的文章中有一种传统写作中十分罕见的自由度，看了没有紧张感，反而有一种飞翔的感觉。他的反讽风格实在是大手笔，而且是从骨子里出来的，同他的个性、生活经历连在一起，不是别人想学就能学得来的。小波去世后，他开过专栏的《南方周末》收到很多读者来信，对不能再读到他的文章扼腕叹息。甚至有读者为最后看他一眼，从广州专程坐火车赶到北京参加他的遗体告别仪式。看到有这么多朋友和知音真正喜欢他的作品，我想小波的在天之灵应当是快乐的。

虽然小波出人意料地、过早地离开了我，但是回忆我们从相识到相爱到永别的 20 年，我没有什么可抱怨的：我们曾经拥有幸福，拥有爱，拥有成功，拥有快乐的生活。

记得那一年暑假，我们从匹兹堡出发，经中南部的 70 号公路驾车横穿美国，一路上走走停停，用了 10 天时间才到达西海岸，粗犷壮丽的大峡谷留下了我们的足迹；然后我们又从北部的 90 号公路返回东部，在黄石公园的老忠实喷泉前流连忘返。一路上，我们或者住汽车旅馆，或者在营地扎帐篷，饱览了美国绚丽的自然风光和大城小镇的生活，感到心旷神怡。

记得那年我们自费去欧洲游览，把伦敦的大本钟、巴黎的埃菲尔铁塔和卢浮宫、罗马的竞技场、比萨的斜塔、佛罗伦萨的街头雕塑、梵蒂冈的圣彼得大教堂、尼斯的裸体海滩、蒙特卡洛的赌场、威尼斯的水乡风光一一摄入镜头。虽然在意大利碰到小偷，损失惨重，但也没有降低我们的兴致。在桑塔露琪亚，我们专门租船下海，就是为了亲身体验一下那首著名民歌的情调。

记得我们回国后共同游览过的雁荡山、泰山、北戴河，还有我们常常去散步和作倾心之谈的颐和园、玲珑园、紫竹院、玉渊潭……樱花盛开的时节，花丛中有我们相依相恋的身影。我们的生活平静而充实，共处 20 年，竟从未有过沉闷厌倦的感觉。平常懒得做饭时，就去下小饭馆；到了节假日，同亲朋好友欢聚畅谈，其乐也融融。

生活是多么的美好，活着是多么好啊。小波，你怎么能忍心就这么去了呢？我想，唯一可以告慰他的是：我们曾经拥有这一切。

悼王小波

日本人爱把人生喻为樱花，盛开了，很短暂，然后就凋谢了。小波的生命就像樱花，盛开了，很短暂，然后就溘然凋谢了。

三岛由纪夫在《天人五衰》中写过一个轮回的生命，每到20岁就死去，投胎到另一个生命里。这样，人就永远活在他最美好的日子里。他不用等到牙齿掉了、头发白了、人变丑了，才悄然逝去。小波就是这样，在他精神之美的巅峰期与世长辞。

我只能这样想，才能压制我对他的哀思。

在我心目中，小波是一位浪漫骑士，一位行吟诗人，一位自由思想者。

小波这个人非常浪漫。我认识他之初，他就爱自称为"愁容骑士"，这是堂·吉诃德的别号。小波生性相当抑郁，抑郁既是他的性格，也是他的生存方式；而同时，他又非常非常浪漫。

我是在1977年年初与他相识的。在见到他这个人之前，先从朋友那里看到了他手写的小说。小说写在一个很大的本子上。那时他的文笔还很稚嫩，但是一种掩不住的才气已经跳动在字里行间。我当时一读之下，就有一种心弦被拨动的感觉，心想：这个人和我早晚会有点什么关系。我想这大概就是中国人所说的缘分吧。

我第一次和他单独见面是在光明日报社，那时我大学刚毕业，在那儿当个小编辑。我们聊了没多久，他突然问：你有朋友没有？我当时正好没朋友，就如实相告。他单刀直入地问了一句："你看我怎么样？"我当时的震惊和意外可想而知。他就是这么浪漫，率情率性。后来我们就开始通信和交往。他把情书写在五线谱上，他的第一句话是这样写的："做梦也想不到我会把信写在五线谱上吧。五线谱是偶然来的，你也是偶然来的。不过我给你的信值得写在五线谱里呢。但愿我和你，是一支唱不完的歌。"我不相信世界上有任何一个女人能够抵挡如此的诗意，如此的纯情。被爱已经是一个女人最大的幸福，而这种幸福与得到一种浪漫的骑士之爱相比又逊色许多。

我们俩都不是什么美男美女，可是心灵和智力上有种难以言传的吸引力。我起初怀疑，一对不美的人的恋爱能是美的吗？后来的事证明，两颗相爱的心在一起可以是美的。我们爱得那么深。他说过的一些话我总是忘不了。比如他说："我和你就像两个小孩子，围着一个神秘的果酱罐，一点一点地尝它，看看里面有多少甜。"那种天真无邪和纯真诗意令我感动不已。再如他有一次说："我发现有的女人是无价之宝。"他这个无价之宝让我感动极了。这不是一般的甜言蜜语。如果一个男人真的把你看作无价之宝，你能不爱他吗？

我有时常常自问，我究竟有何德何能，上帝会给我小波这样一件美好的礼物呢？去年（1996年）10月10日我去英国，在机场临分别时，我们虽然不敢太放肆，在公众场合接吻，但他用劲搂了我肩膀一下作为道别，那种真情流露是世间任何事都不可比拟的。我万万没有想到，这一别竟是永别。他转身向外走时，我看着他高大的背影，在那儿默默流了一会儿泪，没想到这就是他给我留下的最后一个背影。

小波虽然不写诗，只写小说和随笔，但是他喜欢把自己称为诗人，行吟诗人。其实他喜欢韵律，有学过诗的人说，他的小说你仔细看，好多地方有韵。我记忆中小波的小说中唯一写过的一行诗是在《三十而立》里："走在寂静里，走在天上，而阴茎倒挂下来。"我认为写得很不错。这诗原来还有很多行，被他划掉了，只保留了发表的这一句。小波虽然以写小说和随笔为主，但在我心中他是一个真正的诗人。他的身上充满诗意，他的生命就是一首诗。

恋爱时他告诉我，16 岁时他在云南，常常在夜里爬起来，借着月光用蓝墨水笔在一面镜子上写呀写，写了涂，涂了写，直到整面镜子变成蓝色。从那时起，那个充满诗意的少年，云南山寨中皎洁的月光和那面涂成蓝色的镜子，就深深地印在了我的脑海中。

从我的鉴赏力看，小波的小说文学价值很高。他的《黄金时代》和《未来世界》两次获《联合报》文学大奖，他的唯一一部电影剧本《东宫·西宫》获阿根廷国际电影节最佳剧本奖，并成为1997年戛纳国际电影节入围作品，使小波成为在国际电影节为中国拿到最佳编剧奖的第一人，这些可以算作对他的文学价值的客观评价。他的《黄金时代》在中国大陆出版后，很多人都极喜欢。有人甚至说：王小波是当今中国小说第一人，如果诺贝尔文学奖将来有中国人能得 [1]，小波就是一个有这种潜力的人。我不认为这是溢美之词。虽然也许其中有我特别偏爱的成分。

小波的文学眼光极高，他很少夸别人的东西。我听他夸过的人有马克·吐温和萧伯纳。这两位都以幽默睿智著称。他喜欢的作家还有法国的新小说派杜拉斯、图尼埃尔、尤瑟纳尔、卡尔维诺和伯尔。他特别不喜欢托尔斯泰，大概觉得他的古典现实主义太乏味，尤其受不了他的宗教说教。小波是个完全彻底的异教徒，他喜欢所有有趣的、飞扬的东西，他的文学就是想超越平淡乏味的现实生活。他特别反对车尔尼雪夫斯基的"真即是美"的文学理论，并

---

[1]　作者写作本文时，莫言还未获得诺贝尔文学奖。

且持完全相反的看法。他认为真实的不可能是美的，只有创造出来的东西和想象的世界才可能是美的。所以他最不喜欢现实主义，不论是所谓社会主义现实主义还是古典的现实主义。他有很多文论都精辟之至，平常聊天时说出来，我一听老要接一句：不行，我得把你这个文论记下来。可是由于懒惰从来没真记下来过，这将是我终身的遗憾。

小波的文字极有特色。就像帕瓦罗蒂一张嘴，不用报名，你就知道这是帕瓦罗蒂，胡里奥一唱你就知道是胡里奥一样，小波的文字也是这样，你一看就知道出自他的手笔。台湾的李敖说过，他是中国白话文第一把手，不知道他看了王小波的文字还会不会这么说。真的，我就是这么想的。

有人说，在我们这样的社会中，只出理论家、权威理论的阐释者和意识形态专家，不出思想家，而在我看来，小波是一个例外，他是一位自由思想家。自由人文主义的立场贯穿在他的整个人格和思想之中。读过他文章的人可能会发现，他特别爱引证罗素，这就是所谓气味相投吧。他特别崇尚宽容、理性和人的良知，反对一切霸道的、不讲理的、教条主义的东西。我对他的思路老有一种特别意外惊喜的感觉。这就是因为我们长这么大，满耳听的不是些陈词滥调，就是些蠢话傻话，而小波的思路却总是那么清新。这是一个他最让人感到神秘的地方。

小波在一篇小说里说：人就像一本书，你要挑一本好看的书来看。我觉得我生命中最大的收获和幸运就是，我挑了小波这本书来看。我从 1977 年认识他到 1997 年与他永别，这 20 年间我看到了一本最美好、最有趣、最好看的书。作为他的妻子，我曾经是世界上最幸福的人；失去了他，我现在是世界上最痛苦的人。小波，你太残酷了，你潇洒地走了，把无尽的痛苦留给我们这些活着的人。虽然后面的篇章再也看不到了，但是我还会反反复复地看这 20 年。这 20 年永远活在我心里。我觉得，小波也会通过他留下的作品活在许多人的心里。樱花虽然凋谢了，但它毕竟灿烂地盛开过。

我想在小波的墓碑上写上司汤达的墓志铭（这也是小波喜欢的）：生活过，写作过，爱过。也许再加上一行：骑士，诗人，自由思想者。

我最最亲爱的小波，再见，我们来世再见。到那时我们就可以在一起一百年，一千年，一万年，再也不分开了！

| 第四章 |
我的女性观

·········

在我看来，女人首先是人，然后才是女人。过去所有关于女性应当是怎样的、男性应当是怎样的看法都不一定是正确的，应当逐步消解传统的男女两性的划分。

我的女性观

我的女性观也许有点"超前"，它很接近西方后现代女性主义的观点。它的一个基本观点是，应当逐步消解传统的男女两性的划分。在我看来，过去所有关于女性应当是怎样的、男性应当是怎样的看法都不一定是正确的，不一定像人们所以为的那样"自然而然""与生俱来"，而是由文化建构而成，然后被人们"内化"到以为它是"自然"的程度的。

在我看来，女人首先是人，然后才是女人。马克思曾说："人所具有的我都具有。"那么，男人所具有的为什么女人就不能有呢？后现代女性主义者激烈批判对所谓女性气质的规范化，认为这是男性文化对女性的压制手段。

后现代女性主义反对性别问题上的本质主义，它的主要论点在于，否定把两性及其特征截然两分的做法，不赞成把女性特征绝对地归纳为肉体的、非理性的、温柔的、母性的、依赖的、感情型的、主观的、缺乏抽象思维能力的；把男性特征归纳为精神的、理性的、勇猛的、富于攻击性的、独立的、理智型的、客观的、擅长抽象分析思辨的。它强调男女这两种性别特征的非自然化和非稳定化，认为每个男性个体和每个女性个体都是千差万别、千姿百态的。它反对西方哲学中将一切做二元对立的思维方法，因此它要做的不是把这个男女对立的二元结构从男尊女卑颠倒成女尊男卑，而是彻底把这个结构推翻，建造一个两性特质的多元的、包含一系列间色的色谱体系。这种观点虽然听上去离现实最远也最难懂，但它无疑具有极大的魅力，它使我们跳出以往的一切论争，并且为我们理解性别问题开启了一个新天地。

过去一段时间，中国的传媒在讨论女性的"男性化"问题。这一讨论同后现代女性主义者涉及的是同一问题，但方向完全相反——后现代女性主义的努力方向是试图模糊性别区分，使女人更"男性化"，使男人更"女性化"；而中国的传媒却希望将被弄模糊的性别差异重新加强，使女人"更像女人"，使男人"更像男人"。

的确，我国从 20 世纪 50 年代鼓励妇女走出家庭参加社会生产活动以来，"男女不分"成为时尚，它既是对男女不平等的社会地位的挑战，也是对男尊女卑的传统观念的挑战。这一时尚在"文革"时期达到登峰造极的程度。它不仅表现为女人要同男人干一样的事情，而且达到有意无意地掩盖男女两性生理心理差异的程度。那个时代造就了一批自以为有"男性气质"或被男人看作有"男性气质"的女性。在那时，女人不仅要掩饰自己的女性特征，而且对于想表现出女性特征的意识感到羞惭，觉得那是一种过时的落后的东西。80 年代以来，女性的性别意识在沉寂几十年之后重新浮现出来。最明显的表现是，女性开始重新注重衣着化妆。表现"女性特征"的意识一旦苏醒，立即变得十分炽烈。女性意识的复苏在各类传媒中有大量的表现。

在否定前几十年女人"男性化"的过程中，出现了矫枉过正的趋势，这种趋势表现为一种近似本质主义的思想：由于女性是人类生命的直接创造者和养育者，因而对生命有着本能的热爱，这种热爱生命的天性，使女性具有了独特的文化意识和文化心态。女性应当履行自己作为生命的创造者和养育者的职能，发挥母性和女性独特的社会作用。这类思想的本质主义表现在几个方面：首先，它假定由于女性能生育，就"本能地"热爱生命；可是男人也为生命贡献了精子，也是生命的"直接"创造者，为什么他们就没有"对生命本能的热爱"呢？其次，它假定男性文化"将生命变成机械"，女性文化强调人的"生物性"，这是缺乏证据的。此类说法同西方有人将男性同"文化"联系在一起、将女性同"自然"联系在一起的想法如出一辙，而这种划分是本质主义的。这种本质主义的性别观念深入社会意识中，有时甚至以科学知识的方式表现出来，例如认为女性逻辑思维不如男性；女性重感情，男性重理性，等等。

中国的传统性别观念与西方一个很大的不同点在于，西方人往往把男女两性的关系视为斗争的关系，而中国人则长期以来把男女关系视为协调互补的关系。阴阳调和、阴阳互补这些观念一直非常深入人心。但是，这并不能使中国人摆脱本质主义的立场，即把某些特征归为"男性气质"，把另一些特征归为"女性气质"；而且认为这些气质的形成都是天生的。后现代女性主义反对本质主义的立场对于上述文化理念来说是颇具颠覆性的，因为它根本否认所谓男性与女性的截然两分。对于深信阴阳两分的中国人来说，这一立场是难以接受的，甚至比西方人更难接受。这倒颇像法国和英国革命史上的区别：法国压迫愈烈，反抗愈烈，双方势不两立，结果是流血革命，建立共和；英国温和舒缓，双方不断妥协退让，结果是和平的"光荣革命"，保留帝制。在两性平等的进程中，西方女性主义激昂亢奋，声色俱厉，轰轰烈烈，富含对立仇视情绪；而中国妇女运动却温和舒缓，心平气和，柔中有刚，一派和谐互补气氛。但是在我看来，也正因为如此，若要中国人放弃本质主义的观念，恐怕比西方更加艰难，需要更长的时间。

在情感类型上的男女之别

儿女情长英雄气短，这话一听就是男人的感觉。男人对情感总是一带而过，而女人却总是缠缠绵绵，愿意沉溺其中。这或许是两性最大的差别。

男人是理性动物，女人是感性动物。早就有这样的概括。所谓概括，就是对多数状况的描述。并不排除例外，居里夫人就是例外。碰到几个身家过亿的女企业家，全都独身，她们是例外。女博士是例外，所以被人戏称为"第三种性别"。

整个的性别歧视都建立在这一概括的基础之上：既然男女两性的情感类型是这样的，那么就男主女从，就男尊女卑，就男主外女主内，男人是独立支撑的大树，女人只能是绕树的春藤、依人的小鸟。

女权主义起而抗争，其中本质主义的一派拼命论证，感性比理性好，更仁慈，更爱好和平，更凭直觉做事，更贴近自然。她们不是论证女人也可以成为大树，而是说春藤比大树要好，小鸟比人更可爱。

无论是主张树比春藤好，还是论证春藤比树好，都不否认男人是树女人是春藤这一区别，都承认男人理性女人感性这一概括。可是，这一概括是正确的吗？

就社会上大多数人的状况来说，这一概括也许是符合统计结果的。也就是说，除了少数例外，多数男女之间的确存在着这一区别。在我看来，不是这个概括有什么错，而是在归因上出了错：两性情感模式的这种区别不该被归因于生理的、自然而然的、无法改变的，而应该更多归因于社会的、文化的、历史的，是被长达数千年的历史、社会和文化建构起来的。这就是对男女这一区别的本质主义的解释与社会建构论解释的不同。

同理，也只有社会建构论才能解释有越来越多的女人不再是春藤，而变成大树，才能解释女企业家，才能解释女博士——当社会为女人提供了成为企业家、成为博士、成为大树的条件之后，女企业家、女博士和女大树就大量涌现出来了，哪里由什么生理决定呢？

那天开会，被一个女企业家拉住手不放，抱怨找不到合适的人结婚。谁让她例外呢？例外就要蒙受广大俗气男子的视而不见或者望而却步。她只好碰碰运气，看能不能碰上不那么俗气的男人了。这样的男人不多，所以正好碰上的概率不高。没什么办法，全凭运气了。我想这样对她说，但是最终还是没说出口，怕对她打击太大，她需要雪中送炭，而不是雪上加霜啊。

对于大多数女性来说，由于历史的、社会的、文化的建构，与男性的理性相比，她们还是更多地沉溺于情感之中的。当然不是生理的原因了，这点必须牢记在心。话说回来，沉溺于情感和眷恋之中也没有什么不好，虽然有快乐也有痛苦，但是感觉至少不是绝对的孤独，比理性的男人活得更加有滋有味，更加缠绵悱恻，更加充满激情。男人的激情都用在追名逐利上去了，我们却常常陶醉在爱情之中。

男人吃土豆比女人多

人们有一个一般印象：男性比女性的性欲更强，对性事的兴趣更大，对性伴侣数量的需求也更多。这种印象得到了不少经验研究的证明。试举两例：例证之一是一项对发达社会美国的调查，这项调查是在3500位18岁至59岁的美国人中进行的。调查表明，美国男性一生平均有6位性伴侣，而女性平均只有2位性伴侣。另一例证是在20世纪50年代对原始部落民的调查，这项调查在一个叫作艾尼斯·比格的部落中发现，男人比女人更多自慰，对性也更感兴趣。作为对于这一现象的经典描述，著名性学家金西说过这样的话：在世界各地的人当中，男性比女性更多地需要与不同伴侣的性关系。

那么，男女之间为什么会有这样的区别呢？不同的社会、文化做出了不同的解释。一种说法是：滥交的后果对于男女两性是不同的。因为女性要考虑在后代生命的头几年里照顾他们，所以她必须挑选最佳配偶，而男性滥交可以增加留下后代的机会。另一种说法是：原因在于在性关系中，男人追求数量，女人追求质量。还有一种说法是：女人的性总是要与情连在一起，男人却可以接受没有情的性。各种各样的说法中要数部落民的说法最有意思：土著人认为，这种区别的原因是男人吃土豆比女人多。

对于这种现象的评价也是多种多样的：有人据此认为男性是比女性更优越的性别，因为他的生命力比女性要强；有人则做出相反的评价，认为这恰恰说明女性比男性更优越，因为她的道德比男性要好；也有人看上去不偏不倚，他们说，既然男女的区别是生理决定的，就应该充分满足男女两性各自的需求——他们从这里找到了一夫多妻的依据。

在我看来，这件事有三个要点：一是事实，二是原因，三是评价。

先看事实。男性果真比女性性欲强吗？仅仅用一生有几个性伴侣是证明不了这一点的，男人"花心"也许就是因为心太花（从某种道德标准看，就是操守不好），并没有什么生理依据。既然性能带来快乐，有什么证据表明女性就比男性比较不喜欢、不需要这种快乐呢？相反的证据也能找到：女性可以有多重性高潮，而男性高潮之后倒有一个长时间的不应期。如此说来，男性和女性究竟哪一性的性欲更强？这个所谓"生理事实"的确是要存疑的。

再看原因。即使从社会现象上看，男性的确显得比女性性欲强，男性的性伴侣比女性的性伴侣多，也不能只到生理上去找原因。从历史上看，男性在大多数文化中都比女性占有更多的经济资本、社会资本和文化资本，他们据此制造出一种男女的双重道德标准，要求女性更收敛、压抑自己的需要，甚至要对自己的性欲感到羞耻、惭愧，而男性却不必如此。如果一个男人有很多性伴侣，那是成功、性感的标志；而如果一个女人有很多性伴侣，却是无耻、堕落的标志。我看这个双重道德标准已经足够解释女性的性伴侣少于男性的现象，用不着再去找什么生理原因了。

最后，我们如何评价这一现象。我认为，男人比女人有更多的性伴侣，既不说明男性比女性有更强的生命力，也不说明女性天生比男性更贞洁、更有操守，它只是表明，经过几千年男权社会的文化积淀，男女在对待自身性欲望上的态度和行为模式是不平等的：男性能够更自由地表达和实现他们的性欲望，而女性则更习惯于压抑自己。因此我们可以推论：在一个更加合理的社会中，男女两性的欲望都可以得到更加自由的表达和实现，男女两性因此都应当比现在更快乐一些。

喜欢·爱·喜爱

　　当人陶醉于对一个人的喜爱之中，有时会分不清喜欢和爱。喜欢和爱的感觉非常接近。如尼采所言，在远古时代和未来时代，人们并不知道现当代这种爱情，只不过是喜爱而已。

　　在远古时代，人们只是相互喜欢而已，当一个人喜欢上异性，她跟他结婚，生孩子；当一个人喜欢上同性，他（她）跟他（她）成为朋友，有时也包含性活动，当然那就只是为了性愉悦本身，而不是为了生育。所谓柏拉图式的爱情，其实指的就是同性之间的精神之恋。其中并没有什么现代意义上的爱情发生，或者可以说，喜欢就是爱，爱就是喜欢。

在中国漫长的古代，连喜欢不喜欢都不重要，男女结合主要的价值在于生育和传宗接代，大量的男女在婚前根本不认识，"父母之命，媒妁之言"而已，哪里谈得上喜欢？

于是，在人际关系的领域，实际发生的状况是一个喜爱程度的光谱样分布：从有点儿喜爱，到相当喜爱，到非常喜爱，到狂热喜爱。世界上任何一对恋人的关系与另一对都不会完全重合、完全一样，只是处在这个光谱样分布的不同节点上。所谓不一样，既指方式，也指程度。方式包括异性恋、同性恋、双性恋、虐恋等细微差别；程度则指关系的浓度和烈度。比如这一对是男爱女多些，那一对是女爱男多些；这一对是以精神交往为主，那一对是以肉体交欢为主；这一对仅仅是一般朋友，那一对还成为性伴、夫妻。如此等等，不一而足。尤瑟纳尔说她厌恶法国程式化的爱情，恐怕就是感觉到了爱情的光谱样分布，不愿意陷入千篇一律的程式化的爱情。她的终身伴侣是一位美国女性。

如果事情真的像尼采所说的那样，在未来世界人们也像古代人一样，并不知道现代的爱情程式，只是根据自己内心的感觉去喜爱一个人，建立某种不符合任何模式的特殊的关系，那也是完全有可能的。

一人爱两人

据报道，《周渔的火车》一片的导演透露了该片难产的苦衷：本来情节设计是女主角同时爱上了两个男人，审查时没有通过，结果改成她在不同时段分别爱上这两个男人，片子才通过了审查。

时值 21 世纪，这件事却让我找到了生活在慈禧太后时代的感觉。一个女人没有可能同时爱上两个男人吗？是生理上的不可能？是心理上的不可能？是道德上的不可能？还是没有这个权利？一个男人有没有可能同时爱上两个女人呢？

有人争辩说，人在恋爱时有排他性。这是完全可能的。

无论生理还是心理，爱情的对象一般来说比较单一。但是，同时爱上两个人也不是完全不可能。用证伪理论的逻辑，天鹅虽说绝大多数是白色的，但是只要有一只黑天鹅，"天鹅是白色的"这个论断就被证伪了。同理，这世界上几十亿和已经过世的成千上万亿的人当中，只要有一个人有过同时爱上两个人的经历，"一个人不会同时爱上两个人"这一论断就被证伪了。人的个体差异那么大，我不信就没有这样一只同时爱上两个人的"黑天鹅"。

说到道德，我总要引用一句哲人的名言："道德因地理而异。"翻过一道山梁，道德的就变成不道德的，反之亦然。在食人族的部落，吃人并不违反道德。一个人爱上两个人怎么就会不道德呢？她主观上如果没有玩弄或欺骗这两个男人的意思，怎么就会不道德呢？爱只是人的一种感觉，如果一种感觉也会不道德，那也太苛求、太压抑了。这种要求就像要求人不能同时爱上萝卜和白菜一样。虽说一般人都是"萝卜白菜各有各爱"，但是偏偏有一个人萝卜白菜都爱上了，难道她的道德就不如那些只爱一样的高尚了？

要是说到权利，那她就更加理直气壮了：一个有独立人格的公民，她当然有权利爱上两个人。如果她比较保守，她可以只表达对一个人的爱，而把对另一个人的爱藏在心里；如果她比较前卫，也不妨把对两个人的爱全都表达出来。无论如何，同时爱上两个人的权利她肯定是有的。别人不得干涉，也无法干涉。

有些人（包括审查的人）没有意识到，他们并不是认为一个人不应当同时爱上两个人，而仅仅是认为一个女人不应当同时爱上两个男人。在纳妾合法的旧时代，中国男人很容易接受一个男人同时爱上两个女人的情况，中国离婚古训"七出"之条中有一条就是不许女人"嫉妒"，如果丈夫纳了妾，原配夫人是不可以"妒"的，一"妒"就要准备被"出"掉。看来，一个男人同时爱上两个甚至三个、四个人都是"自然"的、"道德"的。可是那些在脑海某个角落打下过这种"集体无意识"的中国男人，一旦看到某个女人居然能同时爱上两个男人，就会感到很受伤，好像这个女人僭越了某种不成文法，大大地不成体统。

电影审查制度一度十分严苛，曾经一部电影的倾向、艺术情调等会引起全国性的大讨论，当事人也会被过度关注，因此造成了全国只有很少的戏能通过审查上演的局面。现在，审查的标准放宽了一些，但有时还是会出现难以解释的问题，《周渔的火车》就是明证。

爱情与孤独

　　爱情无疑是世间最宝贵的一种经验。人在爱的时候处于一种微醺的陶醉状态，会觉得天比平时蓝，阳光比平时明媚，生活比平时美好，就连令人很难直面的宇宙的空旷、无意义似乎也不再那么令人绝望。这就是世上有那么多讴歌爱情的诗歌、小说和艺术品的原因。当爱情发生时，人们可以忽略贫富贵贱、美丑妍媸，甚至忽略年龄和性别；为了追求爱情，人们可以忘掉世俗的讥讽，忍受羞辱和折磨；人们甚至会为爱情发疯、自残、自杀。爱情究竟是什么？为什么它会拥有如此可怕的力量？

　　爱情当然是世上最美丽的花朵。如果说琐碎的日常生活只是粗糙的泥土，那么它的最美好的产出就是长出这朵美丽的花。这花朵照亮了泥土的平凡、沉闷甚至丑陋。从宇宙的熵增趋势来看，爱情的发生绝对是一个减熵的事件，在人生势不可当的一切归于解体、腐朽和混沌的大趋势中，爱情在这污浊的洪流中像一座无缘无故突然显现的小岛，中流砥柱似的挺立在洪流的正中，虽经受着无情的冲刷，但仍然屹立不倒。这小岛上鸟语花香，芳香四溢，动人的歌声不绝于耳，只有想象中的天堂可以与之媲美。尝过爱情滋味的人，世间最美味的珍馐佳肴他也不愿拿来换，荣华富贵全都被视为粪土，不值一哂。

然而，普鲁斯特表达过这样的意思：所有的爱情都使对方变形，在爱发生时，对方的一切被大大美化，远离了实际情况。人们爱的实际上是自己的爱。否则无法解释为什么同一个人，在恋人眼中是那么美丽动人，在没有爱的人眼中却毫无出色之处，可以完全无动于衷。难道爱情所依赖的全是错觉？应当说，的确有这种成分，不然，爱情不会被叫作迷恋。当某人被一个对象所迷惑时，对象的优点被极度夸大，而缺点被有意无意地隐去。因此，婚姻被经典地称为"爱情之坟墓"——当两人从天上的忘情爱恋坠落到地上的耳鬓厮磨时，真相回归，不仅看到了对方的缺点，甚至可以看到对方的丑陋，其中既包括生理的排泄类活动，也包括精神上各种琐碎讨厌的念头、言语。尽管有这种种的不如意和微微的失望（这在人热恋时是很难察觉到的），爱情关系仍不失为世间最可宝贵的，是最值得人们追求的。

我今天准备冒天下之大不韪，来公然谴责爱情，仅仅从它蒙蔽人生真相的角度：对于一个自由的灵魂来说，爱是不自由的，不爱才是自由的；爱是束缚，不爱才无束缚。一个自由自在的灵魂只能独自一人面对宇宙。人生来就是孤独的，所有的关系（包括爱情关系）都是身外之物，对于渴望自由飞翔的灵魂来说，都是羁绊。

所有的思想家都是孤独的：尼采、叔本华、卡夫卡、梭罗，盖因不如此不能面对真实的世界和宇宙。人生也是绝对孤独的。应当安于这种孤独。当爱的时候，人的注意力集中在一个灵魂之上，无暇旁顾。快乐则快乐矣，但是整个人昏头昏脑，迷失在尘世一时的快乐之中，无法冷静地面对人的真实处境，关于人生的意义也会暂时脱离清醒的看法，把短暂的快乐当成生活最实在的全部的意义，以一时之甜遮蔽永恒之苦。上述残忍想法可能来自酸葡萄（求爱而不得），但是其严酷的真实性绝非酸葡萄可以解释，即使那些吃到葡萄的人也无法回避。

我的一生中，吃过葡萄（享受到美好的爱情），也遭遇过酸葡萄（单恋、失恋）。在这两种情况下，我都不敢稍忘，人的灵魂其实是孤独的，人必须独自一人面对人生和宇宙。一个人孤零零来到人世，再一个人孤零零离开，融入宇宙无限的熵增趋势，默默地被宇宙的一片混沌吞噬。这是人生在世最残忍的很少有人能够坦然面对的事实，即使最伟大、最美好的爱情也无法改变这个事实。

激情为什么不可持久

　　爱情无疑是世界上最宝贵的人类经验。它产生于 13 世纪，是一种浪漫的骑士之爱。当初，欧洲贵族实行长子继承制，家庭财产和爵位都由长子继承，下面的弟弟们没有财产和爵位可以继承，遂骑马浪迹天涯。走到贵族城堡，仰慕已婚的美丽贵妇，可望而不可即，只好在窗下弹琴唱歌，一诉衷肠。这就是浪漫爱情的源头。进入现代，由于无数文学艺术、好莱坞影片的渲染，"旧时王谢堂前燕，飞入寻常百姓家"，爱情在普通人中普及，成为缔结婚约的一个重要原因。

　　浪漫爱情是一个人对另一个人产生了一种爱恋的激情，

这种激情不但在中国的文字记载中极为少见，在古希腊、古罗马也是一样。先贤苏格拉底极少论及，柏拉图所讲的爱情也只指性欲，而且是男人之间的性欲，因为在古希腊，许多少年都会有一位成年男子作为他学业、技艺、格斗的导师兼性伴，成年男子被称为"爱者"，少年被称为"被爱者"。少年成人之后会娶妻生子，中断与导师的关系。而所谓"柏拉图式恋爱"，指的是少年与成人之间的精神恋爱，这一概念的形成是因为柏拉图对于应当更关心被爱者的心灵甚于迷恋他的肉体做了大量论述。

激情像火，柔情似水。火熊熊燃烧，但无法持久；水涓涓流淌，可无限绵延。在一桩有爱的婚姻当中，激情往往只是开局，在婚后的日常生活中，激情转为柔情，爱情变为亲情，因此才能长久绵延，才能不断不绝。如果这个转变没有完成，则往往导致关系中断，婚姻解体，或者因为一方还有激情，另一方已经没有激情；或者因为一方还想要激情，另一方已经不能给予；或者因为一方对第三人产生激情，另一方当然无法接受。有西谚云"婚姻是爱情的坟墓"，就是指的这种情形。

当然，如果激情无意导向婚姻，倒是可以在人生中不断发生，甚至绵延一生的，但是，爱情的对象不会是同一个人。我认识一位女诗人，她总是不断地陷入恋爱，她已经结过三次婚，其间还杂以多位情侣。她的经验充分证明，不断发生恋爱激情是完全有可能的，但是激情如果不转变为柔情，爱情如果不转变为亲情，二人关系是不会长久的。她的经验还具有一种警示作用：激情是激烈的，亢奋的，费神的，有时会伤人（有攻击性，狂暴），有时会伤己（撕心裂肺，柔肠寸断），有时快乐至极（狂喜），有时痛苦至极（失恋）。对于所有这些甜蜜和痛苦，狂喜和折磨，一个人如果决心投入其中，应当做好充分的精神准备。

我为什么研究性

常有人问我：为什么要研究性？

答案是，在中国搞性的研究有一点冒险犯难的挑战感觉，有一点越轨犯规的淘气感觉，外加一点先锋前卫的叛逆感觉。然而真正的原因还要追溯到我生长的环境。我属于 20 世纪 50 年代出生、60 年代进入青春期、70 年代谈婚论嫁的一代人。那 30 年，"性"这个东西在中国是一个怪物。在所有公开的场合，它从不在场；可是在各种隐秘的地方，它无所不在。用王小波的话来说，当时的社会有"阳"的一面，还有"阴"的一面。人们在"阳"的一面是一副面孔，在"阴"的一面是另一副面孔；在"阳"的场合说一种话，在"阴"的场合说另一种话。而"性"这个话题绝对属于"阴"的世界。

在那30年间，由于性处于社会的阴面，整个社会的性观念相当扭曲、变态。门内饮酒门外劝水者有之；满口仁义道德满肚男盗女娼者有之；要不就是天真、纯洁、羞涩到幼稚的程度。直到如今，人身体的这部分器官还是被赋予远远不同于脑、心、手、足这些器官的意义、价值和重要性。对于与性有关的一切，要特别地加以防范，似乎它是一切罪恶的渊薮，所谓"万恶淫为首"。这种反常的现象引起了我的好奇心，我想搞清楚：我们中国人为什么在性的问题上会如此的扭曲、如此的变态、如此的压抑。

中国人很少会想到，在性的领域，许多事与人的基本权利有关，比如，人可不可以自慰？女性可不可以主动提出性要求？同性恋伴侣可不可以结婚？虐恋爱好者可不可以组织自己的俱乐部？人可不可以出卖自己的身体？……

中国文化倾向于强调义务，忽视权利。人们习惯于为了尽义务而牺牲自己的权利。在我们的文化中，个人的权利常常以社会的名义遭到忽视。弗罗姆在讲到欧洲中世纪时说：那时，"个人"尚未形成。在当时的中国，人们还在以社会、国家和文化的名义压抑性的表达，原因恰恰在于我们这个"个人"尚未形成。因此，义务是好的，权利是坏的；尽义务是美德，要权利是邪恶；尽义务受褒赏，要权利遭贬抑。如果说当代中国人对于经济、政治、人身安全之类的个人权利已经有了一点要求，那么在性的领域个人可以拥有哪些权利却完全没有概念。在伸张个人的性权利方面，人们还远远做不到理直气壮，反倒是心虚气短得很。

长期以来，由于在"文革"中达到荒谬程度的"道德纯净"气氛的影响，中国一直处于"谈性色变"的社会氛围当中。道德保守派一直没有放弃纯净社会道德使之尽量趋向于禁欲主义的目标。他们顺应（或者说利用）社会中一部分人的保守道德观念，压制另一部分人的权利。在中国一部分人群进入现代化的都市生活之后，个人主义渐渐得到应有的地位，也渐渐在人们的观念中与自私自利的利己主义区分开来。人们越来越多地意识到自己的权利，一些"准群体"也渐渐成为"利益群体"（达伦多夫语），他们希望运用自己的权利，实现自己的利益，争取和保护自己作为一个人的一般权利和作为某个利益群体的成员的特殊权利。在这一斗争当中，与性有关的权利正在进入中国人的视野。

肉欲问题

　　纪德说：肉欲是艺术家一种头等重要的因素。他的这一说法从何而来，是否有道理呢？

　　我想，这一说法首先是指弗洛伊德升华理论意义上的重要性。弗洛伊德那个著名的升华理论是说，当人的原欲因某种因素受阻，不得实现，遂升华至精神层面，成为文学艺术创作的动力。尼采也有类似看法，说你看那些弄文学艺术的全都是性欲充沛之人。性欲或肉欲其实是生命体的原始冲动，来自身体，来自本能，或者可以等同于生命力。只有那些生命力充沛之人，才有维持生存水平之外的冲动，也才能将这一冲动转向精神，创造出美好的艺术品。

其次，人的美感总是指向肉欲，男人爱乳房，女人爱肌肉，美感来自这种原始的生理冲动。艺术总是用各自的手法表现这种美感，文学也总是用文字来发现和制造这种美。所以，仅仅从创造美的角度来看，肉欲对艺术家来说也绝对不可或缺。

此外，肉欲问题从来都是所有宗教教条和世俗道德最为纠结的领域，是应当褒还是应当贬，是应当堵还是应当疏，它属于善还是属于恶，是应当禁欲还是应当纵欲。对于这些问题，人类纠结了几千年，观点、态度、价值千差万别，莫衷一是。无论是社会还是个人全都不能幸免于论争，有些人态度激烈到极端程度，国外有自鞭教徒，国内有泼粪大妈。人们如此焦虑的问题，当然会成为文学艺术无法忽略的领域。

总而言之，无论从上述哪一个角度看，艺术家都无法摆脱肉欲的纠缠，那些成功摆脱了的，往往只能写出平庸之作，落得一个无人问津的下场。

单身女人现象之我见

近年来，都市中单身女人越来越多。

单身女人包括三种人：第一种是丧偶的女人；第二种是离婚女人；第三种是从未结过婚的女人。

从全世界大多数国家的情况看，女人的寿命比男人长六七岁是普遍现象，于是就有了一大批丧偶的女人。她们不愿再结婚，或者难以再结婚，于是进入了单身女人的行列。

我国的离婚率（当年离婚数与当年结婚数之比）从 20 世纪 70 年代的约 3%，上升到 90 年代末的约 13%，形成了一个日渐扩张的庞大的离婚人群，这也是单身女人的一大来源。

然而，最引人注目也最具价值观变化意义的，还要数自愿不结婚的单身女人。具体地看，每一个不结婚的单身女人都有她十分个性化的原因：有的人在等待爱情；有的人在找寻进入富裕生活方式的捷径；有的人把独身作为自己对今后一生的生活方式的选择；还有一个相对数很低但绝对数量并不少的人群，她们不结婚是因为不愿与异性建立婚姻和家庭关系，而更想与一位女性共同生活。

从社会学的角度来看，第三种独身女人最值得重视，因为这是一种过去极少见到的新鲜事物，是一个新的社会群体，是一种新的生活方式类型，代表着一种新的价值观念。

在中国这样的农业大国，几千年来，男大当婚，女大当嫁，一个"当"字，表明了几千年的基本事实，同时也表明了建筑于这一基本事实之上的价值观。看世纪末的中国农村，不结婚的女人仍是凤毛麟角。就连痴呆女人也个个都结了婚，履行着传宗接代的传统天职。

在接近 20 世纪尾声之时，中国的社会发生了几千年来从未出现过的大变迁，一些现代化的大都市在这片古老的土地上悄然崛起，有 30% 的中国人已经幸运地成为都市中的现代人。虽然离欧美那种人口中的绝大多数都已进入城市生活的状况还相距甚远，也许还要几十年或更长的时间，但都市生活和都市人已经成为中国的现实。单身女人就是伴随都市生活而出现的新的人群和新的生活方式。

这个人群出现的基础首先是女人独立的经济地位，没有这种经济能力，就不可能有自愿选择的单身女人存在。其次，女人有了自己的事业。在传统社会中，女人除了相夫教子，无事可做。在广大的北方农村，很多妇女长期以来都不参与农业劳动，只是做家务，所谓男主外女主内。现在女人也有自己的事业、自己的追求，结婚从唯一的"选择"成为女人几种可做的事当中的一种。

单身女人所代表的自由，是一种选择的自由，是选择生活方式的自由。在不自由的年代，结婚是女人唯一的生活方式，是她们不得不做的事，没有其他的可能性，没有选择的余地。现在，一些女人有了选择不结婚的可能性。这是她们在成为都市人和现代人之后才拥有的选择。归根结底，所谓自由就是选择的可能性。

性与婚姻

在人们的印象中，性生活质量是影响到婚姻质量的最重要的因素之一，情况果真是这样的吗？从一项调查的结果看，有些女性显然对此持有不同的看法。虽然不少人认为性的确是婚姻的一个重要理由，但性对于婚姻并不一定是最重要的；有的女性甚至认为同婚姻分开的性活动才更轻松。

性是婚姻的重要理由

"爱的基础是生理需要，是本能的宣泄。我很同意上大学时一位外教的观点，我问过她，结婚对她意味着什么，她说：sex（性）。"

"我和他谈恋爱反反复复，他对人感情真挚，但是很容易转移。后来有一段时间，他做那事时不成了。我帮他弄半天才能弄起来。他对我有依赖感，觉得在性上我行他不行。后来他终于下决心和我结婚，我想和这个有一点关系。"

一位做酒店服务工作的女性也认为性活动与婚姻愿望有关，但却是一种完全不同的逻辑，她是从对身边女友们的观察中得出这种看法的："疯过的女孩都想结婚。"她说自己先后交过好几个男友，其中最长的是跟一个异性朋友持续了四年时间，她认为："人年轻的时候该玩玩，该见的都见了之后，就该定下来了。"她承认自己玩过之后想过结婚，"二十一二岁那段时间特别想结婚。"

性对于婚姻并不一定是最重要的

有一种观点认为，性的和谐是婚姻质量中最重要的因素，从我的调查来看，不尽然。在有的婚姻关系中，双方性关系并不很好，但由于感情很好，婚姻质量仍然很高。例如，有一位女性说婚后多年她的丈夫一直没给过她性快乐，她一直靠自己解决；但同时她又说自己在感情上很满足，因为她知道丈夫是真心对她好，她很愿意同他白头偕老。这就说明，对于一些婚姻的稳定和持久来说，性关系质量好坏并没有决定性的意义。

有一位长期与丈夫两地分居的女性说："我们除了寒暑假几乎没有时间在一起，有一段我爱人真有点受不了了，那确实是对他身体的折磨。他在性这件事上严肃拘谨，很难想象和另一个女孩发生这种关系，所以只好自己解决。我们为此多次谈到离婚问题，可谈完谁都不做，不做就拖下来，两人又好了。"她还补充说："在婚姻关系中，时间能起很大作用，时间能凝结下来一种绵长深幽的东西，不是一下子斩得断的。"

一位40多岁仍然独身的女性十分渴望婚姻生活，并且认为性对于婚姻并不是绝对不可缺的："我觉得人们说的不对，好像非要有性不可。有和谐的性生活当然很好，没有也可以。"她这样描述自己孤寂的心情："我最怕过节假日，家里也没个影子晃动，像个坟墓似的。每天下班，家里也没人等我，我也不急着见什么人，这感觉很不好。虽然孔子说过'慎独'，虽然独处能做事，但老独处也受不了。现在，我有时有意避开音乐和美丽的风景，怕触动自己的孤独感。我觉得自己挺可怜的。"当然，她对性与婚姻关系的观点也许是"退而求其次"的观点，但她的确是这样看待这个问题的。

同婚姻分开的性才轻松

"性和婚姻分开，和长远的考虑分开，才能轻松一点。这要双方互相欣赏才行。重要的是亲近感。有的人能说得来，但他碰你你就特别不乐意。"

一位离婚女性对婚内和婚外的性做了比较："我们在离婚后还偶尔有性关系，作为情人。在婚内，每10次性生活我大约只有1次快感，在婚外，10次里9次有快感。我想，这是因为在婚内性是义务，现在它是需要，是双方共同的需要。他现在有一个固定的伴，他到我这里来要背着那个女孩。他每半个月到一个月找我一次。"

一位单身女性持有这样的观点："结婚不结婚不太重要，但要有性伴侣。"

父母的性生活对孩子的影响

有不少调查对象提到孩子对自己性生活的影响。一位女性这样描述了她的经历："孩子老捣乱。有一次我们被上小学的女儿看到了，她哭了，说：你们干什么见不得人的事呢？我也没法向女儿解释，以后就改成（星期）一、三、五跟女儿睡，二、四、六跟爱人睡。女儿问我'你跟我和爸谁好'，我说一半对一半，她不干，非要多一点不可。"

另一位女性讲了自己对这个问题的看法："不要当着孩子的面拥抱接吻或躺在一起，有条件也尽量不要和孩子睡一间屋子，要不干半截孩子醒了，太不好了，这是对人性的摧残。"

在性与婚姻的关系方面，性肯定是一个很重要的因素，但它并不像人们想象的那样，是一个最重要和不可或缺的因素，至少对某些人不是。在比较"老派"的人们那里，婚姻里的性被当作可有可无的东西；在比较"新潮"的女性中，婚姻以外的性更有吸引力。二者殊途同归，都把性与婚姻分开了。可以预言，随着社会风气的进一步开化，以婚姻为性的唯一合法渠道的规范将越来越不具有约束力，在自由使用自己的肉体寻求快乐这个问题上的社会监控（福柯的"凝视"意象）会越来越弱，社会舆论对此也会越来越宽容。

中国的婚姻制度有什么特点

中国的婚姻制度有什么特点？

第一，一夫一妻制在中国出现的时间相对晚一些。夫妻平权的一夫一妻制在西方一些社会出现得比较早，比如英王亨利八世为了娶他的情人，必须得先离婚，这一状况在中国就不能想象。皇帝是三宫六院的，没有说皇上喜欢上谁，必须得先跟原配离婚才能娶她。一夫一妻制真正在中国确定下来，是 20 世纪 50 年代的事儿。

第二，在 20 世纪 50 年代之前是一夫多妻妾制。你可能要问，"多妻"和"多妻妾"有什么区别？与有些文化中几位妻子地位平等不同，中国的妻和妾地位不同，妻地位高，妾地位低，有尊卑轻重的区别。

第三，中国的一夫多妻妾制要遵循纲常伦理，比如说三纲五常中的三纲：君为臣纲、父为子纲、夫为妻纲。女人还有特别要遵从的三从四德，在家从父、既嫁从夫、夫死从子，这就是三从四德中的三从。这是中国传统婚姻的一些最主要的特点。

那么男女平权之后，我国就开始提倡恋爱自由、结婚自由、离婚自由了，建立起了两性平等的制度，古代的那些纲常伦理自然就显得非常过时了。但是我们可以发现，还是有些人想搞倒退。前不久有一批人在试图恢复女德，办了好多女德馆、女德班，有一些所谓的女德导师到处宣讲，说现在女人都没有女德了，中华民族要亡了，危言耸听。这个东西在我看来是非常反动的，完全是逆历史潮流而动的。它是一种试图在新时代回到传统社会的徒劳无功的挣扎，是一种复古思潮的沉渣泛起。

在我看来，两性关系是一路奔着平等去的，这种趋势是不可逆的。我之前做过一个城市男女权力关系的调查，在调查中询问调查对象，你觉得你家是丈夫权力更大还是妻子权力更大？从调查结果看，有 20% 的家庭是丈夫权力更大，有 20% 的家庭是妻子权力更大，有 60% 的家庭是夫妻完全平等的。这个调查结果说明什么呢？说明对于夫妻在家庭中的地位来说，性别因素已经不重要了，或许是收入，或许是教育程度，或许是夫妻各自的家庭背景这些因素，造成了某个家庭中夫妻地位的区别。

这就说明，我们的城市家庭已经基本实现了男女平等。在这种情况下，还在讲什么三从四德，这是非常错误的，极其过时的。我希望大家知道婚姻这个东西是怎么来的，一夫一妻制是如何从群婚一步步发展出来的，以及我们现在基本上到达了平等的一夫一妻制阶段。

婚姻制度终将消亡，是真的吗

今天我们来谈一下婚姻制度的问题。之前谈了关于婚姻制度终将消亡的一个话题，这个话题在当时挺刷屏挺吓人的。现实中也有很多人，确实都面临着被逼婚、催婚的情况。我们探讨婚姻制度本身出现的问题，于是给了大家耳目一新的感觉，让人觉得"婚姻制度将来都要不存在了，还催我结婚、生孩子干什么呢"。"婚姻制度即将消亡"这个说法其实并不准确，应该是：婚姻制度开始式微，开始走向下坡路了。

婚姻制度式微的趋势，最早是在北欧国家开始的，越来越多的人不进入婚姻了，当然也有同居、独居的情况，只是很多人不结婚了。几十年前，我们看到在美国、法国，独居人群比例占到人口的 30%，但是在 2016 年不进入婚姻的独居人口超过半数，在很多西方国家，独居人群数据都呈现象化上升。连日本独居人群也接近人口总数的 40%，中国台湾独居人群比例与日本接近持平。亚洲是最家庭本位的社会，大家认为男大当婚女大当嫁，但现在居然也向独居方向发展。这是不是在表示，婚姻制度出现了问题？

当然，导致婚姻制度出现问题的原因有很多：离婚成本特别高，离婚过程也特别痛苦之类的，但其实还有个主要的原因——妇女解放。在过去的传统社会，一般情况是男主外女主内，女人必须得嫁给一个人她才会有生活来源，因为她不能独立地工作挣钱。现在男女平等了，女大学生率已经达到了 50%，女的全都出来工作，拥有独立收入，结婚就不是她生存的必要条件了，所以独居可能性大大地增加了，这也是一直在发展的趋势。

我看到最极端的例子是在匈牙利，当时我去匈牙利进行学术交流，与当地社会研究所所长谈话，也一起参加了座谈会。座谈会上说匈牙利结婚率只占人口的 12%，剩下的人分为三种情况：独居、同居、LAT（Living Apart Together，分开居住的伴侣，类似中国的周末夫妻），可见匈牙利的结婚率已经低到了极端。我记得匈牙利社会研究所学者跟我聊天，他跟我讲，有一次他在中国人民大学问男学生们："你们将来打不打算结婚？"人大的男孩子们回答："结呀！"后来匈牙利学者就问我，人大的男孩子们跟他说的是实话吗？我笑着说："中国男生要是说他将来想结婚，那可能是真的。"

我感觉特别有意思的是，这位匈牙利社会学家为什么会有疑问，就是说，他如果问一个匈牙利男生"你打算结婚吗"，他要是说"打算结婚"，他就可能说了假话，因为匈牙利只有 12% 的人会结婚。从中你可以看到婚姻制度出现了多么大的问题，人们慢慢地就不再选择这样的（生活）方式了。

我再想到婚姻制度式微，还有一个大家非常注意不到的原因——人类预期寿命的延长。在古代社会，人的预期寿命是三四十年，他结了婚刚把孩子养育自律（成人），就谢世了，他没有离婚或换伴这种需求。可是在预期寿命达到七八十岁的时候，让他六七十年始终只有这一个性伴，这件事情听上去也有点问题，有点不符合现代的人性，所以就会出现这种式微的情况。

当然就算全世界不结婚了，咱们中国一定会是那倒数第一或者倒数第二的。咱们中国的婚姻制度会延续得特别长，因为中国人是家庭本位的文化，跟别的个人本位文化是不一样的。中国人太看重传宗接代和家庭延续，所以即使婚姻制度要完全退出历史舞台的话，中国也是可以持续时间最长的那个国家。但是即使是这样，我们在20世纪80年代做家庭调查的时候就已经发现，随机抽样中独居的人只占2%左右。在2007年做另一个大城市家庭调查的时候，独居人口已经上升至12%，独居这一现象已呈现上升趋势了。

即使像中国这么家庭本位的社会，婚姻制度还是出现问题了，所以越来越多的人不结婚或选择独居了，亦或很晚才结婚。而且有的人结婚生子然后离婚，后来也就不再结婚了。当然婚姻制度开始出现，是因为人在成年之前的这十几年时间中，不能独立地生存，必须有父母来哺育，提供生活来源来抚养他。所以婚姻制度作为保障，这也是一个婚姻制度形成的原因。

如果说只有这一个原因的话，对于那些根本不想生孩子的人，就没有理由结婚了。这是一个很自然的想法，结婚对于不想生孩子的来说成为一个约束，本来我可以今天爱这个明天爱那个，要是结了婚就不能移情别恋，只能盯着一个人，过一辈子。有好多人觉得，这种模式变得很不自然了，就是变成了一个纯粹的约束。

未来婚姻制度的走向到底是什么呢？我的看法是：婚姻制度并不会完全消亡，未来情况会是比较多元的。人口中有一部分人会结婚，有的人会同居或独居，或者是选择开放式婚姻（两个人是婚姻关系，对于对方的性或者情不严格约束），甚至是多边恋的婚姻、同性婚姻等等多种多样的形式。

总的来说，我有一个看法：什么样的人适合结婚呢？就是两个人发生一种"绝对排他"的爱情，两个人喜欢得不得了，他们两人就想终身厮守，两个人全都不往外面世界看一眼。两个人感情好到，我一定就是你，你一定就是我，我永远不会改变，我就愿意跟你在一起，想和你一起生孩子养孩子。如果将来还依旧保留婚姻制度的话，最适合结婚的是这样一种人。

其他还未结婚的人，是认为自己承受不了未来七八十年跟一个人生活，或者说根本没有找到自己愿意厮守终身的那个人，不断尝试建立亲密关系，又解体关系，又建立，又解体，这样的人就不适合结婚了，慢慢地他们会选择留在婚姻之外。大概这就是将来婚姻制度的走向吧。

对于婚姻制度有兴趣的人，我给你们推荐一个戛纳电影节获奖电影《龙虾》。它假定两个极端的社会：一个必须结婚，一个必须单身。有一个城镇（必须结婚的社会）规定，单身人士必须被逮捕移送到一个酒店里，要求他们在45天之内找到匹配的伴侣，如果匹配失败，会被转化为动物，比如龙虾，然后放到森林里去。这时一个居住在此酒店的绝望男士逃到森林里，却误入另一个必须单身的社会，在这儿他反而恋爱了，却又违反了孤独者的规则。这个电影非常有意思，电影讲述的是两种状态极端的形式，一定要结婚和一定要独居两种形态的冲突，推荐各位看一看。

我看离婚

在现代社会中，婚姻制度受到了前所未有的冲击。不少一向将离婚视为宗教禁忌或违反社会规范的现象的国家和文化也不得不修正有关的法律及规定，以适应社会的变迁。由此可见离婚现象的普遍和严重。

在离婚问题上，可以看到这样几个带有规律性的趋势：

第一，离婚率在所有的发达国家及处于现代化进程中的国家都有增高的趋势。据美国统计，在过去的100年中，离婚增长率是人口增长率的13倍；有1/3的初婚以离婚告终，有1/3的再婚再次解体。20世纪40年代出生的美国妇女，第一次婚姻中有38%、第二次婚姻中有44%可能以离婚告终。从 1972 年至 1992 年，离婚率上升了 280%。从 1960 年至 1990 年，与离异父母同住的儿童增加了 350%。苏联共有 7000 万个家庭，每年记录在案的共有 90 多万对夫妻离婚，70 万孩子失去父亲或母亲；1/4 的家庭中妻子比丈夫受教育程度高，这已成了经常引起相互不满、冲突甚至导致离婚的原因。中国的离婚率亦呈上升趋势：1980 年以来，离婚率从 0.70% 增加至 1996 年的 1.75%。用同样的方法计算，1985 年，下列各国的离婚率为：美国 4.96‰；苏联 3.36‰；意大利 3.20‰；瑞典 2.37‰；西德 [1]2.10‰；法国 1.95‰；日本 1.30‰。

第二，在现代社会中，由女方提出离婚的比例高于由男方提出离婚的比例是普遍现象。据中国各地方法院统计，离婚诉讼中原告为女性的一般在 2/3 左右。有资料表明，中国 20 年代和 30 年代的离婚案情况也是如此。例如，据上海市 1918 年统计，女方主动者占 60.8%；广州、天津 1929 年的离婚案中，女方主动者分别为 89.4% 和 85.7%；北平市 1930 年为 71.9%。其他国家也有类似情况，例如

---

[1] 这里指联邦德国。

19 世纪初，法国、美国、澳大利亚、瑞士、意大利、罗马尼亚等国的女方原告也都在一半以上，有的高达 90%；日本自 1945 年以来妇女起诉离婚占到 70%—80%；苏联的女性原告也占 70% 左右。由此可见，离婚中女性主动者多于男性，在 20 世纪是一个跨地区跨年代的普遍现象。研究者认为，妇女家庭角色自主意识的增强是造成这种现象的原因之一。

第三，离婚后女性再婚的比例高于男性，农村妇女再婚的比例高于城市女性。例如，陕西省 1982 年 1‰人口抽样调查表明，城市离婚女性再婚率为 69%，农村却高达 93%。普查资料表明，上海、广州、天津、长春、兰州、成都、乌鲁木齐、武汉、福州等市的郊县离婚后未再婚人口的性别比（以女性为 100 的男性人口数）分别比市区高 2—6 倍。农村离婚女性更容易再婚的主要原因在于农村的性别比高于城市，因此农村男子对农村妇女再婚需求远远高于城市男子对城市妇女的需求，尤其在边远贫困地区更是如此。

从世界范围来看，传统社会的家庭关系稳定和现代社会的家庭关系动荡不安是一种跨文化的普遍规律。我想，这同居住环境（农村的紧密形式和城市的散漫形式）、家族亲属关系（联系紧密与松散）、人们的交往方式（以首属群体为主和以次属群体为主）以及观念的变化（从以离婚为羞耻到不以为耻）等因素有关。越来越多的人有离婚经历；越来越多的人看到别人离婚；越来越多的人能够理解和同情离婚；越来越多的人以离婚来解除过去难以解除的失败的婚姻；越来越多的当事人和旁观者把离婚当作好事看待。

究竟应当如何看待离婚现象？我不愿意对它做道德评判。因为如果我说离婚是坏事，对于一些把摆脱已死亡的婚姻当作脱离苦海的人来说，这个判断就不正确；如果我说离婚是好事，对于一些仍在留恋自己的失败婚姻的人来说，这个判断又是错的。因此，对离婚现象的道德判断只有在个人的层面才有意义。从宏观角度对离婚做道德判断是无意义的。如果硬要我从宏观角度来说话，那我所能说的只能是对事实的描述：这是一个趋势，这是传统社会走向现代化过程中不可避免的现象。虽然离婚过程中有许多痛苦和伤害，我们能够做的只是设法减轻这些伤害，却很难扭转离婚率增高的总趋势。

家庭暴力，零容忍

2015 年 12 月 27 日第十二届全国人民代表大会常务委员会第十八次会议通过的《中华人民共和国反家庭暴力法》规定：家庭暴力，是指家庭成员之间以殴打、捆绑、残害、限制人身自由以及经常性谩骂、恐吓等方式实施的身体、精神等侵害行为。家庭成员之间应当互相帮助，互相关爱，和睦相处，履行家庭义务。反家庭暴力是国家、社会和每个家庭的共同责任。国家禁止任何形式的家庭暴力。

家庭暴力是一般公众和学者近年来最为关注的问题。甚至有人认为，由于家庭暴力过于普遍，它已经成为常态而非例外反常现象了。北京市婚姻家庭研究会在 1994 年主办的一次婚姻质量调查表明，不论程度频率如何，丈夫打过妻子的占 21.3%，妻子打过丈夫的占 15.5%。调查中发现不少家庭暴力现象，其中不仅有丈夫打妻子，还有针对子女的家庭暴力，以及自诉的婚内强奸。

一位离婚女性说："他提出离婚，我不同意，他就打我。他特别狡猾，打得我很疼，又不到医院可以开出伤害证明的程度。后来我被打得实在熬不住，只好答应离婚。"一位被丈夫打过多次的知识女性这样说："他打我，我没因他打我而恨他。他是个很弱的人，没处发泄怨气，我就成了他发泄的对象，但我不怨他。他在别人面前总说我是多好的妻子，我问他，你告诉过别人你打过我吗？"一次我们交谈时，她脸上被打的肿块还没褪去，清晰可见，她说："他打我，我就不理他，一句话也不说，让他打。"

"有一阵他常常为一点小事大发脾气，还打过我一次。他有暴力倾向。"一位经常挨丈夫打的女性和自己的好朋友商量离婚的可能性，"我问过许多好朋友，他们都劝我不要离，说离了婚带个孩子很难。我心太软，真正要离开他，又怕他伤心。他打了我也是这样，他一道歉我就原谅他了，无论吵得多厉害我都不记仇。"

家庭暴力中除了丈夫对妻子施暴，还有对子女的暴力："我们儿子16岁的时候，他为一件小事打孩子。他打了儿子一耳光，就那么寸，耳膜穿孔。从那以后，儿子瞧不起他爸爸，可又特别惧怕他爸爸，不知怎么才能躲开他，又躲不开他。我觉得夹在他们俩中间特别为难。"

一位女性这样说："结婚一年之后，我生了个孩子，因为带小孩的事我们经常争吵，感情越来越坏。夫妻生活也不行了，他每次都像强迫似的。有几年，他经常打我。他要干，我不干，他就打我，把我鼻子都打流血了。我不知道用什么能制住他，就不跟他同房。就为这个他打我，不是打着玩的，是真打，打完就强迫我做那事。我感到很屈辱。这种情况持续了6年。单位里的人看出我挨了打，问他为什么打老婆，他说是因为我不会干家务活。那段时间我身上总是青一块紫一块的。"

有调查表明，家庭暴力是一个不为人知的传染病，是妇女致伤的一个主要原因。在美国的家庭暴力中，95%的受害者是妇女；在美国妇女的一生中，每4人中有1人会遭受其家庭伴侣的暴力侵犯；每年都有约600万妻子受到丈夫的虐待；每年约有2000—4000名妇女被殴打致死；美国警察有1/3的时间花在应付因家庭暴力打来的电话上；所有警察受伤的40%和死亡的20%是被卷入家庭纠纷的结果；被谋杀的妇女中有60%是死于熟人之手，最常见的情况是分居和离婚的妇女被男方设陷阱加以谋杀；因伤住院的妇女中有20%—30%是被性伴侣伤害的；产妇中有17%报告说在怀孕期间受过暴力侵犯。

一个样本容量为2000人的随机抽样调查表明，在1979年，有16%的夫妻之间发生过暴力行为（从打一巴掌到真正的殴打）；整个婚姻关系期间平均约有28%的夫妻之间有暴力行为。在法国，有200万妇女经常遭受男人的虐待；在德国，有400万妇女遭受丈夫的虐待。有调查表明，在犹太家庭中，丈夫对妻子的暴力很普遍，其实犹太教义并不赞成家庭暴力，也是主张对施暴者加以惩罚的，同时应当对受害者给以补偿。以色列的一项调查表明，受虐妇女的生活环境同监狱极其相似：与世隔绝，受害人被割断了与外界的信息联系，丧失了来自外界的物质与精神支持。

　　传媒揭露的一个印度妇女个案引起公众的关注：她被姻亲杀害，原因是婚后 8 年其父仍不能交齐嫁妆钱。这一案件使人们对在印度针对妇女的暴力状况有了认识。移民妇女中的家庭暴力状况也非常严重。每年有数以千计的南亚妇女到达美国，由于丈夫的虐待，他们对新生活的梦想很快就被噩梦毁掉了。这个群体所处的困难环境使这些妇女比其他人更难寻求帮助。但是在过去 10 年当中，已成立了十几个支持南亚妇女的团体，它们的愿望就是要关心和帮助这些妇女。

　　许多人提出疑问：为什么这些受虐的妇女还要继续留在充满暴力的家庭里？答案是她们的自信心被暴力摧毁了。有调查表明，被动接受和麻木不仁是受虐妻子的典型特征。妇女挨打一般要经过三个阶段：

　　挨打时，她们感到吃惊，竭力躲闪；

　　然后感到恐惧，竭力讨好丈夫；

　　最后感到抑郁，躲到一边自责。

　　一旦挨打成为习惯，其后果可能导致丧生。妻子挨打的社会后果除了伤害、致死之外，还可能成为下一代的效仿行为。妻子的挨打还常常伴随着子女的挨打和受虐待；待子女长大成人后，有可能继续这种受虐的生活模式。近年来，妇女运动越来越多地关注针对妇女的暴力这一问题，人们从不同的角度对男性针对女性的暴力行为做出解释。自由主义、女权主义和心理分析派把暴力看作少数人的变态；社会结构论的解释则认为，暴力行为是社会的阶级差别所带来的挫折感和压抑感导致的；由于社会上有些人不能实现自己心中的目标，由于相对贫困和绝对贫困，由于恶劣的住房，恶劣的工作环境，由于缺少工作机会，一些人才会变得有暴力倾向，因此，对妇女施暴的现象较多发生在社会的下层。

有许多女权主义者对暴力现象持有这样的看法：如果像统计数字所表明的那样，强奸犯大多数对于被害妇女而言不是陌生人而是熟人，那么这种暴力行为就应当说是由不平等的权力关系造成的。有学者提出，家内的男女不平等与家庭暴力有直接的关系；如果夫妻平等的家庭增加了，家庭暴力一定会大大减少。

不少人提出建议，应当建立一个全球性的网络，把针对妇女的暴力这一问题摆进世界人权问题的议事日程当中去。这个专门对付针对妇女的暴力的全球性网络将把社会工作、法律、教育、卫生及受虐妇女庇护所等各方面的力量聚集在一起，帮助受虐妇女。在消除对妇女一切形式的暴力方面，我国的措施是：

第一，倡导尊重妇女、爱护妇女的社会风气，反对歧视妇女，谴责和惩治一切侵害妇女的暴力行为；

第二，完善消除对妇女暴力侵害的专门性、预防性和行政性的法律、法规体系及执法监督体系，实现妇女人权保障的全面法制化；

第三，提高妇女的法制观念和法律意识、依法维权的能力，以及增强妇女的防暴抗暴能力；

第四，政府和非政府组织要重视和受理妇女的来信来访，为受害妇女排忧解难，伸张正义。

可以预期，受到家庭暴力侵害的中国妇女的状况在社会各界的共同努力下会得到改善。